Los Secretos de Alba

10

Los Secretos de Alba

Paco Marco

El primer caso del joven detective Marco Sanchis

S

PUCK

Argentina – Chile – Colombia – España
Estados Unidos – México – Perú – Uruguay – Venezuela

Índice

Jueves

15:30

Mientras dejaba unos libros en mi taquilla vi a Alba acercándose por el pasillo principal del insti. Iba con los cascos puestos y canturreando. Cuando me vio frenó en seco, entornó los ojos y me hizo un gesto obsceno con el dedo anular. Parecía cabreada, algo que me extrañó porque yo había cumplido con mi parte. Había hecho lo que ella me había pedido, es decir, descubrir quién era el tío que la acosaba por el Whatsapp. Y no solo eso: también lo había dejado con el culo al aire. ¿Por qué estaba entonces enfadada conmigo?

La repasé de arriba abajo con algo de vergüenza. Parecía más pálida de lo normal. Aun así, seguía siendo guapísima, una verdadera belleza morena, de pelo rizado y ojos azules de otro mundo. Nos conocíamos desde pequeños y siempre habíamos sido amigos. Los mejores amigos, íntimos. Yo ahora me moría de ganas de salir con ella, pero no me atrevía a sincerarme. Alba me había colocado en la desoladora *friend zone* y yo no sabía cómo salir de ahí. ¿Terrible, verdad? Encima tenía que aguantar que me explicase su vida sentimental. ¡Y no se cortaba un pelo! «Qué guapo es Xavi», me decía. O «qué bien besa Xavi». ¡Menudo imbécil!

Le odiaba. Por suerte, ahora todo el mundo sabía quién era de verdad el chulo de Xavier Miralpeix.

—¡No he hecho nada malo! —le grité cuando todavía estaba lejos—. ¡Se lo merecía!

Siguió andando hacia mí muy seria. Me fijé en que le resbalaba por la frente una gota de sudor. Me pareció que aquello no era normal, porque aunque estábamos en mayo todavía no hacía calor. La conocía muy bien, así que pensé que le ocurría algo extraño. Cuando estaba a solo diez pasos, el mundo pareció detenerse. Cinco, cuatro, tres, dos, uno...

—No debiste hacerlo —me soltó a un palmo de la nariz.

Sentí como si un puñal atravesara mi estómago. ¿Seguía defendiendo a su novio después de saber que era un cerdo?

—Tú me pediste que averiguara quién te estaba acosando por el Whatsapp. ¿Tengo yo la culpa de que el acosador fuera tu novio y de que encima le esté tirando los tejos a otra tía? ¿Preferirías no saberlo?

—Claro que quería saberlo, pero no hacía falta que me ridiculizases de esa manera delante de todo el mundo, y lo sabes muy bien. No sé qué te pasa últimamente, Marco, estás muy raro conmigo. Tengo la sensación de que no te conozco —calló de pronto y en su rostro se dibujó una leve mueca de dolor—. Pero déjalo, ahora no quiero hablar. No me encuentro bien y prefiero olvidarlo todo.

—¡Magnífico! —exclamé, avergonzándome al momento. ¿Quién dice «magnífico»? Nadie. «De puta madre» hubiese sido una buena réplica. Seguro que es lo que habría contestado su novio Xavi. O Ricardo, mi mejor amigo. Y los dos tenían éxito con las tías, no como yo. Intenté cambiar el rumbo de la conversación.

—Tú sí que estás rara últimamente. Estás más delgada y pareces cansada.

Hizo una mueca extraña con la nariz.

—Tengo un problema... —empezó a decir, pero cuando parecía que me iba a contar algo más se detuvo de golpe.

«Pero sigue chica... No me dejes con las ganas de saber qué pasa», me dije. Yo quería ser detective pero, joder, no adivino. Esperé a que continuara, pero no lo hizo. En lugar de eso, cerró los ojos, se llevó las manos a la cabeza y empezó a temblar. Me asusté mucho y traté de abrazarla, pero se me escurrió con un movimiento brusco hacia atrás, como un espasmo. Acto seguido se desplomó. Cayó al suelo fulminada y se oyó por todo el pasillo un golpe sordo, como cuando un coche atropella una paloma.

16:00

Después de unos minutos de mucha tensión, con los profesores gritando y diciéndonos a todos que nos apartáramos, que la dejáramos respirar, llegaron unos enfermeros vestidos con un polo amarillo de cuello rojo, a los que un profesor había llamado tras el primer grito de auxilio. La observaron durante un par de minutos, le pusieron una máscara de oxígeno, la subieron a una camilla y se la llevaron. A los demás nos dijeron que volviéramos a clase. Estaba muy preocupado por Alba, pero no tuve más remedio que obedecer.

Una vez en el aula me acerqué hasta el ventanal y me quedé mirando a la calle. La ambulancia ya se había ido. Eran las cuatro de la tarde, pero el sol ya se ocultaba entre los edificios. Tuve la sensación súbita de que algo malo iba a ocurrir.

—¡Marco Sanchís, a tu mesa ahora mismo! —oí a mi espalda.

Era Rafaela Sanmartín, la profesora más antigua y amargada del colegio, que exhibía su mal humor permanente incluso en aquellas circunstancias. Me giré y la vi desplegando papeles sobre la mesa de los profesores. Estaba claro que tenía la intención de dar la clase con absoluta normalidad.

Me senté en mi sitio y saqué el ordenador portátil de la escuela. Lo conecté por *bluetooth* al iPad que tenía en mi taquilla y navegué por Internet durante un rato. Me introduje en la intranet del profesorado, que había hackeado unos meses antes, para ver si alguien decía algo de Alba. Pero nada. De pronto vi un usuario nuevo que se hacía llamar Deadpool y me inquieté. Ningún profesor usaba aquel *nick*. Decidí salir enseguida. Si alguien me pillaba colándome en la red del profesorado no solo me podía ganar una expulsión de unos cuantos días, sino algo peor: una enorme bronca de mi padre.

Pasé el resto de la hora empanado. Ni siquiera recuerdo de qué nos habló la profesora Sanmartín. Estaba demasiado preocupado reconstruyendo mentalmente el desmayo de Alba y preguntándome si la culpa había sido mía por dejarla como una cornuda delante de todo el colegio.

Ni siquiera me enteré cuando sonó el timbre que marcaba el final de la clase.

Acabo de darme cuenta de que todavía no me he presentado. Me llamo Marco Sanchís y, además de estar enamorado de la chica más guapa y encantadora de 3.º de ESO del Instituto Andreu Martín de Barcelona, soy un friki de la tecnología. Eso me convierte, a ojos de mi padre, en un peligro con patas. Y creo que no le falta razón. Por eso, y porque es un detective conocido y con experiencia, me tiene controladas todas las comunicaciones: el móvil, el portátil y hasta la consola. No me quita el ojo de encima, sobre todo desde que lo llamaron hace unos días de la compañia telefónica y le contaron que me había colado en su sistema para conseguir más gigas gratis.

Que yo recuerde siempre he querido ser detective, como mi padre. A los diez años empecé a leer a los clásicos, sobre todo a Agatha Christie y su Hércules Poirot y a Arthur Conan Doyle y su Sherlock Holmes. A los doce ya tenía muy claras mis intenciones y devoraba a escondidas series de televisión como *Castle*, *Sherlock* y *Monk*, entre otras. A los trece empecé a hacer mis pinitos con pequeñas investigaciones para los amigos. Y a los catorce, o sea, hace unos meses, monté mi propia agencia de detectives en casa con mis dos hermanastros, Klaus y Mireia, que tienen la misma edad que yo.

Mireia y Klaus son los hijos mellizos de Bibi, la segunda mujer de mi padre, con el que conviven desde hace siete años. Mireia es alta y espigada, rubia y muy pecosa. Además de ser la tía más noble que conozco, tiene un don especial para leer las emociones de la gente. Es una psicóloga precoz. Klaus, el más bajo de los tres, es también el más astuto. Aunque es un poco rebelde, siempre está atento a lo que explica mi padre; por eso emplea un lenguaje impropio de su edad. Es enérgico y tiene un profundo sentido de la justicia, todos estamos convencidos de que en el futuro será el abogado de la familia. Además de su carácter impetuoso, destacan en él sus ojos castaños de pillo y sus bráquets de colores.

Bien, ahora que ya nos conocemos puedo seguir contándote esta historia. Resulta que Alba vino ayer por la tarde a mi casa con la intención de contratarme. Bueno, de contratar los servicios de nuestra agencia, para ser más exactos. Se presentó casi a las ocho. Yo estaba encerrado en mi habitación escuchando a G-Eazy cuando Klaus golpeó la puerta con fuerza y me anunció que había llegado. Le dije que la hiciera pasar y que vinieran también él y Mireia, pues Alba ya me había dicho en el instituto que me necesitaba como detective (no como amigo, y mucho menos como otra cosa, que es lo que yo habría deseado).

Cuando entró en mi habitación me sentí empequeñecer frente a sus ojos azules. Y eso que le saco casi un palmo. Al contrario que ella, que es todo armonía en sus gestos, yo soy alto y un poco desgarbado. Solo dentro de la pista de baloncesto siento que mis extremidades se mueven con orden y ligereza. Alba tiene quince años, pues ha repetido un curso, y todos la admiran porque es muy guapa, lleva un tatuaje y aparentemente hace lo que le da la gana, algo que los demás solo soñamos. Pero a mí lo que más me atrae de ella no es su físico, como al resto de mis compañeros, sino lo que sé que hay detrás: una chica inquieta que se preocupa por los demás, muy necesitada de afecto y a la que le aterroriza mostrarse tal como es.

—Hola, Marco, espero que de esto no se entere nadie —fueron sus primeras palabras.

Llevaba un vestido negro ceñido al cuerpo y se había pintado la raya de los ojos, que contrastaba con la palidez de su rostro. «¿Se ha vestido así para venir a verme?», me pregunté. Por un momento pensé que podía tener alguna oportunidad con ella.

—Por supuesto, no te preocupes. Los detectives guardamos secreto profesional —le contesté—. Es algo entre tú, yo y mis ayudantes —añadí, señalando a Klaus y Mireia, que se habían traído unas sillas de sus habitaciones. Separé mi mesa de estudio de la pared y nos sentamos todos alrededor. Busqué unos folios y un boli, pero estaba tan acostumbrado a escribir con el ordenador que no los encontré. Finalmente desistí y tomé la iniciativa.

—Tú dirás.

Tomó aire y arrancó.

—Como te he dicho esta mañana en el insti, necesito tu ayuda. Y no se la puedo pedir a mis padres. No quiero que sepan que salgo con un chico.

—¿Qué te pasa?

—Recibo mensajes guarros por Whatsapp a todas horas.

Klaus abrió de golpe los ojos como platos. Aquello pareció interesarle.

—¿Sabes el número o te escribe desde un número oculto?

—¡Claro que lo sé, y de memoria! Me envía más de cuarenta wasaps al día. Es un asqueroso. Siempre con el mismo rollo: que deje a mi novio, que quiere hacer cerdadas conmigo y más cosas. Ese tío es un guarro de mierda…

Se llevó las manos a la cara. Mireia se inclinó hacia ella y le puso una mano en el hombro para consolarla.

Aproveché para cogerle la libreta y el bolígrafo a mi hermanastra. Necesitaba tomar nota de los datos previos, sin ellos no había caso ni incógnita que resolver. Vi que ya había apuntado: «El investigado/energúmeno tiene que ser un chico, de una edad aproximada de entre 15 y 17 años, del mismo colegio que la clienta. Alguien que se haya sentido rechazado por Alba y que se crea el mejor y el más guapo. No acepta un no por respuesta y debe de ser un chulo engreído». Miré a los ojos de Mireia y sonreí. Yo me había hecho un perfil similar, entre otras cosas porque conocía a alguien que encajaba perfectamente en aquella definición.

Cuando Alba se tranquilizó, puse mi cara más profesional y le pedí el teléfono del acosador, que anoté en la libreta. Luego le pedí también su DNI. Se lo había visto hacer a mi padre en alguna ocasión. Lo escaneé con una aplicación del iPad y envié la imagen a la nube como hacía con todos mis documentos para tenerlos siempre a mano. Pensé en pedirle que me mandara alguno de aquellos mensajes para saber cómo escribía el acosador, pero me dio vergüenza.

—No te preocupes —dijo Klaus con firmeza—, averiguaremos quién es el cerdo ese y le daremos su merecido.

—Sí, por supuesto —rematé yo, que hubiera querido decir lo que acababa de decir Klaus para impresionarla.

Por primera vez desde que había llegado sonrió. Entonces se levantó y dijo:

—Gracias a los tres, sois un encanto. Ahora tengo que irme, he quedado para ir al cine con Xavi.

«Así que no se ha puesto guapa para verme a mí», pensé. Me sentí como un idiota y en un momento de rabia tuve la tentación de decirle que buscara ayuda en otra parte, pero enseguida me frené. Al fin y al cabo era Alba, mi amiga de toda la vida.

Cuando se hubo marchado, nos reunimos de inmediato los tres en mi habitación.

—En cuanto descubramos al energúmeno ese —soltó Klaus—, hay que ponerle una denuncia y una querella.

—No podremos denunciarlo —le contesté apesadumbrado—. Estoy seguro de que el malo es el novio de Alba y ella nunca permitirá que lo denunciemos.

Mireia asintió y se me quedó mirando.

—Lo que no entiendo, Marco, es que estés tan coladito por ella.

—En realidad es una buena tía con un gran corazón, no solo una tía buena, como cree todo el mundo.

—Creo que la sobrevaloras. Si es una buena tía, ¿qué hace saliendo con el bicho ese de Xavier Miralpeix, al que lo único que le importan son sus abdominales y salir con todas las tías guapas del insti?

Me quedé sin argumentos, así que cogí el portátil para empezar la investigación. Sabía que mi padre lo controlaba, pero de momento no tenía intención de hacer nada ilegal. Abrí la página de Google y escribí el número de teléfono que nos había dado Alba.

—Sin resultados —confirmó Klaus, con cara de pena.

—Era de esperar. Esto ya lo habrá comprobado Alba — dije.

—¿Tú crees? —apuntó Mireia con ironía.

De repente entró Bibi, que era un calco de Mireia pero con el pelo castaño en vez de rubio. Tenía 37 años, la cara pecosa y el cuerpo delgado, siempre en forma. Además de ser la segunda esposa de mi padre era nuestro taxista particular, llevándonos a todas horas de aquí para allá. Obviamente yo quería a mi madre, pero Bibi siempre se las había ideado para no interferir en mi relación con mi padre y hacerme sentir uno más en aquella casa.

—¿Qué hacéis? ¿No tenéis deberes?

—No —mintió Klaus—. Estamos viendo un vídeo de El Rubius en Youtube.

Yo asentí, más por no dejarle con el culo al aire que por tener algo que ocultar. Bibi me miró fijamente y su media sonrisa me hizo entender que no se había creído la mentira del joven abogado. Más cuando sabía que yo a esas horas prefería a los booktubers como El coleccionista de mundos o Fly Like a Butterfly. Aun así, se despidió, no sin antes añadir:

—Mireia, por favor, ven a ayudarme a encontrar unos pantalones en tu habitación, que con tanto desorden no localizo nada. Y vosotros dos, dentro de media hora cenamos. Luego os quiero a cada uno en vuestra habitación, que mañana hay que madrugar.

Cuando estuvimos de nuevo a solas Klaus me dijo:

—Oye, ¿te puedo comentar una cosa?

—Dime.

—¿Has vuelto a ver a Andrea? —me preguntó cambiando el tono de voz.

Se refería a una amiga de Alba que había dejado el instituto el año anterior para irse a estudiar a Irlanda.

—¿Por qué lo preguntas?

—No sé… es que el otro día me la encontré en La Illa, el centro comercial. Iba con su madre y estuvimos un rato charlando. Y no sé… hubo algo en su mirada que…

—¿En serio? No sabía yo que te gustara Andrea.

—¡Oye! —exclamó—, que yo no he dicho que me guste. Solo que… bueno, sí me gusta, ¡y qué!

—Nada, nada. Pero no creo que yo sea la persona más indicada para ayudarte con una pava. La verdad es que soy un desastre en estas cuestiones. Yo de ti hablaría con Mireia.

—Ni de coña. Ni se te ocurra decirle nada a mi hermana de esto.

—¿Decirme el qué? —escuchamos a nuestra espalda.

Era Mireia, que acababa de entrar en la habitación.

—¡Nada, cotilla! —dijo Klaus, alzando la voz.

Mireia frunció el ceño y yo, para cambiar de tema, les dije:

—Tengo una idea. Vamos a buscar el teléfono en una web que usa muchas veces mi padre.

—¿Y tú cómo sabes los sitios de Internet que usa tu padre? —preguntó Mireia.

Le lancé una sonrisa misteriosa por respuesta, me giré hacia la pantalla y entré en la web de Icerocket. Era un buscador de redes sociales y blogs. Introduje el número de teléfono y… ¡allí estaba! En un blog dedicado al fútbol aparecía un tal Xavier que vendía sus abonos para un partido del Real Madrid contra el Barça. Era el señor Miralpeix. El padre de Xavi.

—¡Ja! —exclamó Klaus—. Ahora sí que podremos ponerle una denuncia. Un tío que dice guarradas a las mujeres, y más si son menores, debe acabar en la cárcel.

—Sí, pero no sabemos si ha sido el padre o el hijo…

Al momento me arrepentí de no haber tomado los datos suficientes, como hacían los detectives de verdad. Si supiese, al menos, el horario en que Alba recibía los mensajes tendría una buena pista. De todas maneras, estaba seguro de que era el niñato aquel. No me imaginaba al padre de Xavier acosando a la novia de su hijo, aunque cosas peores se veían en la televisión.

Así que cogí mi teléfono. A diferencia de mis hermanastros, seguía usando un iPhone 4 al que había cambiado el panel trasero y tuneado con algunas herramientas que conseguían engañar al GPS y navegar de forma anónima. Ya os he dicho que mi padre me controla, pero de vez en cuando juego con él al gato y al ratón y me escabullo por la red TOR, que me permite ser anónimo. Ahora necesitaba serlo, porque acababa de encontrar una forma de resolver el caso.

—¿Qué vas a hacer? —me preguntó Mireia.

Callé durante unos minutos mientras configuraba un virus troyano que oculté en una fotografía de una preciosa modelo. Lo envié por Whatsapp al teléfono del acosador y en cuanto abrió la foto accedí al historial de ubicaciones del aparato. Enseguida supe que el teléfono había pasado mañanas enteras en el Instituto Andreu Martín. ¡El acosador era el novio de Alba! También pude leer un par de wasaps en los que le tiraba los tejos a Julia, una de las pijas malvadas de nuestra escuela.

Sonreí antes de contestar a Mireia.

—¿Que qué voy a hacer? Joderles la sesión de cine.

A continuación escribí un mensaje a Alba:

Tu acosador está a tu lado intentando meterte mano y comiendo palomitas, yo de ti me piraría rápido de ahí. Lee el muro del FB de tu novio y sabrás toda la verdad. ☹☹☹💣

Entre los celos y el subidón por el descubrimiento, hice algo que un buen detective nunca debe hacer: mezclar la investigación con los sentimientos. Me conecté a Facebook, entré en el muro de Xavier Miralpeix (usaba la misma contraseña que en su móvil, así que me fue fácil hackearlo) y colgué una copia de los mensajes que se había intercambiado con Julia para intentar ligársela. Además, añadí un meme con su foto donde escribí: «Me llamo Xavi y soy un puto salido».

Pensé que Alba estaría tan cabreada con Xavi por los mensajes que le gustaría que lo ridiculizara en público. Es más, estaba seguro de que así me convertiría en su héroe y empezaría a verme como algo más que un amigo. No me imaginaba que se lo tomaría tan mal. Ni tampoco que al día siguiente se desmayaría en mis narices.

17:00

Cuando a las cinco sonó la sirena que anunciaba el final de las clases ni me enteré. Ricardo, mi mejor amigo, vino a mi mesa a buscarme, pero yo seguía empanado recordando lo que había pasado el día anterior y pensando en Alba, en su enfado y en su desmayo.

—¡Por fin! —exclamó—. Creí que la pesada de Rafaela no iba a acabar nunca de hablar. ¿Vamos?

Ricardo era mi amigo desde el inicio de la secundaria. Era todavía más alto que yo y mucho más cachas (era el pívot titular en el equipo del instituto), tenía la piel clara, el cabello rubio y un aspecto de surfero que volvía locas a las chicas. También tenía un carácter endiablado y muy mala leche.

—Vale, vamos.

—Por cierto, tío, ¿llevas veinte pavos para prestarme? Julia me ha dicho que por esa pasta me puede conseguir el próximo examen de mates.

—Ni de coña. Ni los llevo ni te los daría si los llevara. Estudia y déjate de comprar exámenes.

Me levanté y nos acercamos a las taquillas. Mientras Ricardo soltaba pestes de la profesora Sanmartín, caí en la cuenta de que Julia podía tener algo que ver con los robos de exámenes de los que se hablaba desde hacía días en el insti. Todo el mundo me apuntaba a mí como el posible ladrón por mis habilidades como hacker. La bola se había hecho tan grande que temía que llegase a los oídos del director y este llamara a mi padre. Con mis antecedentes recientes, nadie dudaría de que el culpable era yo. Por eso, cuando Ricardo me dijo que Julia le había ofrecido el examen de mates decidí tenderle una trampa. Julia formaba parte del grupo de las pijas malvadas, junto con Claudia y Marcia, y le gustaba salir con chicos mayores que ella con pinta de chungos. No las veía capaces de robar los exámenes, pero estaba seguro de que podían llevarme hasta el verdadero ladrón. Escribí una nota pidiendo una cita para comprar un examen y la introduje en la taquilla de Julia por una rendija. No puse mi nombre, solo un teléfono.

A continuación miré el móvil.

—Nada. Sin noticias de Alba —me lamenté.

—No te preocupes, tío, seguro que está bien. Va, pirémonos ya de aquí.

A las cinco y diez cruzamos la puerta del insti en manada. Ricardo y nuestros colegas se iban agarrando los unos a los otros, como en una competición de lucha libre. Estábamos tan acostumbrados a jugar así que algo que para muchos podía parecer violencia para nosotros era un juego divertido. Y más para mi amigo, fortachón y algo cafre.

Aceleré el paso para no quedarme solo. Ricardo en esos momentos miró hacia atrás y al verme se paró.

—¿Has visto? —me dijo, señalando hacia el otro lado de la calle, donde una rubia de pelo corto no dejaba de sonreírme. Me dio un codazo y me cogió del cuello—. Lánzate ya, capullo. Dale un morreo a esa y empieza a vivir la vida. No te amargues esperando a Alba. No hagas como mi madre, que desde que mi padre se fue con otra está siempre de mala leche.

Di un paso hacia atrás y me solté como pude de su abrazo de oso. Ricardo volvió a mirar hacia la chica y soltó una risotada. Presumía de haberse enrollado con tantas que con solo catorce años parecía ya un gran experto. Pero en buena parte era una fachada. Pretendía hacerse el fuerte, pero a mí no me podía engañar. Solo yo sabía lo que había sufrido durante el divorcio de sus padres. El señor Ribaud era un afamado abogado penalista de Barcelona que acostumbraba a salir en los periódicos. Su madre, un ama de casa a la que en la actualidad le costaba llegar a fin de mes.

—Hagamos un trato: yo te ayudo a que esa tía te dé el primer muerdo de tu vida en toda la boca y tú me ayudas a mí a joder a Rafaela...

Ricardo nunca había sido un alumno brillante, pero desde que empezamos tercero y la profesora Sanmartín era nuestra tutora suspendía casi todas las asignaturas. Rafaela tenía sesenta años, estaba obesa y tenía siempre un humor de perros. A principio de curso se presentó una mañana con un bigote blanco de azúcar glass sobre la boca y todo el mundo empezó a hacer chistes sobre su peso y su forma de vestir, siempre con anchos blusones floreados. Como Ricardo es un poco torpe para estas cosas, un día lo pilló burlándose y desde entonces lo tenía atravesado. No digo que lo que hizo estuviera bien, pero lo cierto es que desde entonces las clases de la profesora Sanmartín se convirtieron en un campo de batalla en el que siempre acababan expulsados tres o cuatro alumnos, entre ellos invariablemente Ricardo. No había día que no nos insultase o gritase. La delegada de clase se quejó varias veces al director, pero no nos creyó. A Ricardo aquello le parecía tan injusto que odiaba ir a clase y quería vengarse de ella a toda costa.

En aquel momento sonó mi teléfono. Sonreí al ver el nombre de Alba en la pantalla.

—Hola, guapa, ¿cómo estás? ¡Menudo susto me has dado!

Silencio al otro lado.

—¿Alba?

—Hola, Marco, soy Ernesto Gunter, el padre del Alba. Mira, te llamo porque necesito… Bueno, necesitamos, tanto la madre de Alba como yo, hablar con tu padre. ¿Verdad que es Néstor Sanchís, el detective privado?

—Sí —contesté, temiendo por un momento que fuese a quejarse por haber hackeado y ridiculizado a Xavier Miralpeix.

—Por favor, pregúntale si os puedo pasar a ver esta noche, antes de la cena, por vuestra casa… No he querido llamarle directamente a su oficina porque sé que siempre está muy ocupado y necesito verle urgentemente.

—Señor Gunter —le interrumpí—, lo que hice en el Facebook de Xavier fue una broma y…

—Marco, no se trata de vuestras cosas. Alba está enferma, muy enferma, y necesito hablar con tu padre para pedirle ayuda. Es muy importante que sea esta misma noche. Es un asunto muy delicado y preferimos hablar con él en persona.

—Se lo diré, no se preocupe. Y estoy seguro de que no habrá ningún problema. Apunte la dirección.

Tomó nota y colgó.

17:30

Expliqué a Ricardo la conversación y los dos nos quedamos callados durante algunos minutos, caminando juntos por las callejuelas del barrio de Gracia. ¿Qué le pasaba a Alba? ¿Por qué era tan urgente que sus padres viesen al mío? Estaba intrigado y preocupado.

—Vamos allí —me dijo mi amigo mientras señalaba una tienda de videojuegos.

Cruzamos la calle Gran de Gracia sorteando el atasco de cada tarde a aquella hora. Un conductor tocó el claxon y Ricardo se encaró con él.

—¡Para, tío! —le grité—. Parece que te encanten las broncas.

En un par de zancadas nos encontramos frente a la tienda que más nos gustaba de toda Barcelona: Game. Pegamos el careto al escaparate y empezamos a soñar con tener todos aquellos juegos para la videoconsola.

—Joder, a ver cuándo te regala tu padre el GTA y me invitas a jugar a tu casa —dijo Ricardo sin despegar la nariz del cristal—. En casa no hay presupuesto para nada ahora. Mi padre sigue sin pasarle la pensión a mi madre.

Mi padre no era muy dado a concederme caprichos, y menos desde que me acusaba a todas horas de ser un «adolescente impertinente». Pero en casa de Ricardo estaban bastante peor.

Continuamos caminando, ahora cabizbajos, y ya cerca de Travesera de Gracia nos cruzamos con tres pavos a los que enseguida reconocí como alumnos del Instituto Íñiguez. Eran los que le habían robado el móvil a Ricardo unos meses antes, después de un partido de baloncesto en el que los habíamos machacado en su propio campo. Desde aquel día nos la tenían jurada.

—Venga, pasemos de largo —le dije a Ricardo.

—Y una mierda…

Su mirada desafiante me dio miedo.

—El más alto de los tres es el más hijo de puta… —añadió.

Lo observé. Llevaba el pelo al cero, una dilata en cada oreja y ropa negra ajustada con jirones por todas partes. Era alto como Ricardo e igual de cachas. Daba bastante miedo. De habérmelo encontrado en un callejón oscuro y de noche habría salido corriendo. Ricardo se detuvo frente a ellos, chasqueó la lengua y los miró fijamente. Me temí que quisiese empezar una nueva pelea.

—Venga, tío, vamos. No es momento de hacerse el chulo —le pedí mientras le empujaba para marcharnos de allí.

—¿Qué os pasa, tíos mierda? —gritó con los brazos en jarra frente a los tres.

Mi corazón se aceleró cuando uno de ellos se llevó la mano al cuello con un gesto y la movió como si se lo fuese a rajar. Mi amigo debió de ver que estaba asustado porque me dijo:

—No te preocupes, tío. Son tres mataos que me amenazan todo el jodido día. Han jurado que un día me darán una paliza. ¡Que se atrevan!

—Pues denúncialos. Habla con tu padre. ¿No es abogado penalista? Si estuviese aquí Klaus, te diría que los denunciases sin pensarlo. Y tendría razón.

Ricardo me miró y al verme asustado decidió pasar de aquellos tíos. Él sabe que detesto la violencia. Anduvimos en silencio durante un par de semáforos, mirando de reojo hacia atrás para comprobar que no nos seguían.

—Joder, tío, te acaban de amenazar con rajarte el cuello. Yo puedo testificar a tu favor.

Se paró, me miró fijamente y dijo:

—Mi padre no es como el tuyo, Marco. Pasa de mí. Además, ¿qué pruebas tengo contra ellos? ¿No te das cuenta de que son unos mierdas y mentirán si les denuncio? Lo negarán todo. Además, tú eres mi mejor amigo y nadie en este puto mundo te creerá.

—Yo nunca miento —le atajé.

—Ya, Marco, pero la poli no lo sabe.

Me miró y me lanzó una de sus sonrisas de surfero californiano.

—Va, olvídate ya de esos tres tíos. No creo que nunca se atrevan a atacarme. Son unos cagaos.

Estuve tentado de contestarle, pero algo me distrajo a mi izquierda. Era Klaus, que en aquellos momentos estaba siguiendo a las tres pijas malvadas, tal como le había pedido al salir del insti. Caminaba unos pasos tras ellas, disimulando. Llevaba sus eternos cascos de música. Supuse que, como siempre desde que la había escuchado por primera vez en la radio, iría escuchando *Faded* de Allan Walker. Quería saber si eran ellas las que trapicheaban con exámenes robados y tenía la esperanza de que Julia, tras leer la nota anónima que le había dejado en la taquilla, iría a ver al ladrón de exámenes.

Seguimos caminando y pregunté a Ricardo cómo estaban las cosas en su casa.

—Estamos jodidos, tío. Mi madre no tiene dinero ni para ropa y mi padre pasa de nosotros. Desde que conoció a esa tía parece que se haya olvidado de que tiene tres hijos. ¡Menudo capullo! —añadió.

—Lo siento, tío.

—Bah, no te preocupes, a todo se acostumbra uno. Lo peor será cuando mi madre vea el cero que me ha puesto esa tía, que cada día se parece más al cantante ese gordo, a

Falete. Se me va a caer el pelo. Tendrá la excusa perfecta para tenerme castigado durante meses. Por cierto, vas a joder a Rafaela, ¿no?

—No lo sé. No quiero cagarla con mi padre. Pero tengo algo en mente...

—¿El qué?

Estuve tentado de explicárselo, pero pensé que era mejor no decir nada hasta que no lo tuviera claro. Y como ya estábamos cerca de la casa de mi padre me despedí.

—Tío, tengo que pirarme. Nos vemos mañana en el insti.

20:00

En la misma mesa en la que estuve escuchando los problemas de Alba con su novio, abrí el libro Guinness de los Récords para intentar matar el tiempo hasta que llegasen sus padres. Intenté leer, pero no podía concentrarme. Tomé mi teléfono móvil, abrí el WhatsApp y me entretuve escuchando algunos de los mensajes de voz que me había enviado Alba los últimos días. «Hola, guapo. Soy yo. Me apetece verte. ¿Irás a la bolera esta tarde?», «Hola, buenos días, Marquitos. Un besito, que pases un buen día». Sonreí hasta que escuché el último: «¡Marco! ¿Por qué has hecho lo del Facebook de Xavi? ¡Eres un imbécil!»

Enfurruñado, encendí la radio y me tumbé en la cama. Sonaba *Love Yourself* de Justin Bieber. Escuché la canción durante un rato y, avergonzado de que me gustase, me levanté para apagar el aparato. Entonces, de repente y sin avisar, la puerta se abrió.

—¿Eres un Believer? ¡No me lo puedo creer!

Era Klaus y me lo estaba diciendo con una sonrisa irónica en los labios.

—Déjate de chorradas —le contesté. Noté un rubor en las mejillas—. Es la radio.

—¡Ah!, pues a mí esta canción sí que me gusta.

Apagué el aparato y me senté con las bambas sobre la cama.

—¿Qué quieres? —le pregunté.

—¿Puedo hablar contigo?

—Sí, siéntate. Pero rápido que los padres de Alba están a punto de llegar y quiero enterarme de para qué necesitan a mi padre.

Asintió mientras tomaba asiento, pero no se decidía a hablar.

—Venga, habla. ¿Qué necesitas? —le apremié.

—Es sobre Andrea.

Sonreí.

—El otro día, como te dije, me la encontré en La Illa. Estuvimos charlando sobre el insti, sobre cómo le iba todo por Irlanda y esas cosas. Fue genial, tío. Me lo pasé increíblemente bien escuchándola hablar. Se me pasó el tiempo volando...

—Me parece a mí que estás coladito por esa chica.

—¿Tú cuando supiste que Alba era la chica con la que querías salir?

—Ufff, hace años. No sé... Déjame que piense. ¡Ah, sí! Yo creo que cuando ella repitió curso y empezamos a ir a la misma clase. Nos sentábamos juntos y ella me copiaba los apuntes. Luego empezamos a hablar de muchas cosas. Siempre me decía que le encantaría conocer a su madre biológica y que no se llevaba bien con sus padres. Yo hasta entonces nunca hablaba con las tías… Ya sabes, esa época en la que solo quieres jugar con los colegas.

Klaus asintió.

—Pues eso, que un día la miré y me di cuenta que me apetecía estar con ella a todas horas. Luego empecé a mirarla más. Me gusta incluso como anda, ¿sabes? Me fijaba en la ropa que llevaba y así hasta que un día deseé besarla.

—Hasta hoy —dijo mi hermano. Se hizo un silencio tenso—. Perdona, tío, no quería decir eso…

—No, si tienes razón. Aún no he podido besarla. Espero que algún día se dé cuenta de que existo como algo más que un amigo y quiera hacerlo. Pero oye, estábamos hablando de Andrea, ¿verdad? —sonreí—. Lo último que supe es que su madre se casó con un pastoso que vive donde los ricos, en el barrio de Pedralbes, y que la quería mandar a Irlanda. Por eso se fue del insti.

Klaus negó con la cabeza y me dijo:

—Andrea me explicó que el tío que se casó con su madre es un cabrón y que la envió a Irlanda porque la odiaba. Parece que fue la manera que encontró para alejarla de su madre.

—Ni idea, chaval. Pero, ¿por qué no la llamas? No la cagues como yo, que nunca me he atrevido a hablar con Alba de mis sentimientos y, mira, aún estoy así…

—Me da vergüenza —me interrumpió—. Cuando la encontré había venido a Barna para convencer a la madre para poder volver al insti. Está harta del colegio irlandés. Pero no sé si al final la habrá convencido...

El timbre no le dejó acabar la frase.

—Perdona, tío, pero si no te importa seguimos hablando más tarde. Deben de ser los padres de Alba.

22:00

—A ti te pasa algo —le dije a mi padre—. ¿Tan chungo es lo que tiene Alba?

—Siéntate —me contestó.

Estaba ansioso. Dudé si sentarme o permanecer de pie. Finalmente obedecí y me senté en una silla del comedor. Debió de verme muy afectado, porque vino a sentarse a mi lado. Vestía un traje gris con raya diplomática sobre un jersey negro de cuello alto, lo cual era un mal presagio porque casi siempre se vestía según su estado de ánimo. Y el gris y el negro no auguraban nada bueno. Me dio un beso tierno y yo bajé la cabeza por miedo a lo que iba a escuchar.

—No tengo buenas noticias —empezó a decir.

—Ya me he dado cuenta. Vas vestido con colores oscuros.

—No tiene nada que ver con Alba —me interrumpió—. La verdad es que llevo unos días con muchos problemas en la oficina y...

—Papá, por favor, ve al grano —le corté—. He estado una hora esperando a que los señores Gunter se marchasen. Necesito saber de una vez qué le pasa a Alba.

—Tiene cáncer.

El mundo se paró. Y yo con él.

Esperaba que alguien entrase por la puerta del salón y dijese que era una broma, pero las cosas pocas veces suceden como deseo. Me froté los ojos. Recordé que mi abuelo había muerto de cáncer. Sollocé y mi padre sacó un pañuelo del bolsillo para secarme las lágrimas mientras me acariciaba una pierna. Yo aún quería hacer muchas cosas con Alba. Aún teníamos que ir a una discoteca juntos, a cenar a algún restaurante romántico y, sobre todo, aún nos teníamos que dar un beso. Nuestro primer beso. El beso de los besos.

Cuando logré serenarme un poco pregunté:

—¿Se va a morir?

—Según me han comentado los señores Gunter, si en pocos días no le hacen una transfusión de médula morirá.

—¡Hostia puta! —exclamé.

—Marco, ese lenguaje…

—¡Pero es que no puede ser, papá! Alba no puede morir. Es mi amiga… Mi mejor amiga.

—A ver, cálmate, vamos por partes. Mira, los médicos le han diagnosticado leucemia, que es un tipo de cáncer. ¿Sabes lo que es un cáncer?

Sabía que era una enfermedad y que mataba a la gente, pero hasta ahí. Podía informarme en la Wikipedia, pero en aquel momento prefería que me lo explicara mi padre. Por eso alcé la mirada y fijé los ojos en él. Tenía cuarenta y tres años y era una de las personas más listas que conocía. Había acabado la licenciatura de derecho y había estudiado el grado de investigación privada para tener la licencia de detective. Normalmente era muy cercano conmigo y yo intuía que se sentía orgulloso de mí, aunque últimamente estaba muy pesado y a todas horas me preguntaba dónde estaba y con quién. Eso nos había distanciado, pero ahora lo necesitaba, por eso dejé a un lado mi tono impertinente habitual.

—Sé que es algo de las células.

—Sí, por ahí va. Resulta que cuando una célula se altera, se muere o cambia de forma, origina células iguales a ella pero enfermas. Estas células malignas viajan por la sangre a otros órganos o tejidos, causando malformaciones que se llaman tumores. Destruyen células sanas y debilitan nuestras defensas. Según me han contado los señores Gunter, más de 160.000 niños son diagnosticados de cáncer en todo el mundo cada año y tres de cada cuatro sobreviven más de cinco años. La leucemia, que es el cáncer en los glóbulos blancos, es el más habitual en los niños, pero Alba tiene uno muy maligno. Solo se salvará si recibe un trasplante de médula ósea en los próximos días.

—Yo me ofrezco —contesté sin saber lo que decía.

Sonrió con cara de pena.

—No es tan sencillo, Marco. Solo alguien compatible con ella puede donarle las células que necesita. Alguien como sus padres o sus hermanos. El problema es que, como sabes, Alba es adoptada.

—Por eso te han venido a ver los señores Gunter, ¿no?

—Exacto, quieren que localice a sus padres biológicos.

—Bien, entonces Alba está salvada, porque tú eres el mejor detective del mundo y estoy seguro de que los encontrarás. ¡Y yo te ayudaré!

Un ruido a nuestra espalda nos sobresaltó y nos giramos. Klaus y Mireia entraron de golpe en el salón. Nos habían estado escuchando a escondidas, porque lo primero que dijeron fue:

—Nosotros también os ayudaremos.

En lugar de enfadarse con ellos, mi padre les indicó que se sentaran frente a nosotros.

—La encontrarás, ¿verdad, Néstor? —preguntó Mireia.

—No será fácil. En las adopciones, los padres biológicos quieren quedar en el anonimato más absoluto, así que los padres adoptivos de Alba no saben quiénes son. Por lo que me han comentado el tema del tiempo es acuciante. Los médicos hablan de días. No pueden establecer exactamente una fecha, pero parece que es cuestión de horas. Y en tan poco tiempo es prácticamente imposible localizarlos.

—¡Y una mierda! —exclamé—. ¿Unos días? Ni de coña, papá. Si los médicos no se atreven a dar una fecha es porque es un tema de vida o muerte. ¡Hay que encontrarla en 48 horas o morirá! Estoy seguro.

—¡Marco, te lo digo por última vez: no seas impertinente!

Aparté la silla con rabia y me levanté, no podía seguir sentado.

—Es mejor que os vayáis haciendo a la idea. Lo voy a intentar, pero hay muy pocas probabilidades de que de aquí al sábado por la noche podamos encontrar a los padres biológicos de Alba.

—Pero Alba nació en algún sitio, en algún hospital —apuntó Mireia—. Seguro que hay muchas pistas que seguir. Y tú eres especialista en eso.

—Sí, pero el asunto es complicado. Los Gunter me han dicho que cuando nació Alba les llamaron en el último momento y les dieron la niña en el mismo hospital. La madre biológica había firmado un papel ante notario para que Alba fuese dada en adopción y para que su nombre quedase en el anonimato. Nadie en el hospital me dará el nombre de la madre de verdad. Eso se llama protección de la intimidad y en esos centros médicos son muy estrictos con estas cuestiones.

—Entonces hackeemos el ordenador del hospital —dijo Klaus.

—Lo siento. Así no se hacen las cosas. Si alguien hackea ese ordenador acabará en la cárcel. De todas formas, los padres de Alba me han traído su partida de nacimiento, que es donde aparece la fecha de nacimiento, el hospital y el notario donde la madre firmó el documento de renuncia a Alba. Mañana hablaré con unos amigos que tengo en el departamento de adopciones de la Generalitat y veremos qué se puede hacer. Pero os lo repito: la cosa es muy complicada, es mejor que os vayáis haciendo a la idea.

—Yo pienso entrar en el servidor del hospital —afirmé—. Me da igual lo que digas, papá. No voy a dejar que la chica a la que quiero se muera. Y si tú no haces todo lo posible contribuirás a su muerte y te odiaré toda la vida.

Apenas oí lo que me contestó ni lo que dijeron mis hermanastros. Empecé a considerar la posibilidad de escaparme de casa, robar los expedientes médicos del hospital, secuestrar al notario para hacerle cantar y muchas más cosas. Un grito de mi padre que sí oí me devolvió a la realidad.

—¡¿Me escuchas, Marco?! Tú irás al colegio y ni se te ocurra colarte en los ordenadores del hospital. ¡Te lo prohibo tajantemente!

Me fui a mi habitación y me encerré dando un portazo. Ni de coña pensaba darme por vencido. Tenia 48 horas por delante para salvar la vida de mi amiga.

22:55

¡Cuarenta y ocho horas! Si no hacía algo, en solo dos días mi amiga moriría. Así que tenía claro que no iba a hacer caso a mi padre. No pensaba quedarme con los brazos cruzados esperando a que me llamasen para decirme que ya no la vería nunca más.

Permanecí un rato tumbado en mi cama hojeando un libro sobre hacking. Mientras, en el altavoz conectado a mi móvil sonó *Hotline Bling*, de Drake, y recordé la primera vez que la había escuchado. Estaba con Alba en su habitación. Mientras ella estudiaba yo la miraba empanado, jurándome que algún día me atrevería a besarla. Entonces sonó esa canción por la radio y nos miramos. Inmediatamente la *shazameé* y la descargué en mi móvil. Mi padre tampoco habría aprobado aquello: decía que bajar música sin pagar era un delito.

Llamaron a la puerta. Pensé que era mi padre, así que me tapé con la sábana, apagué la luz y simulé estar dormido.

—Marco, ¿estás despierto?

Era Klaus.

—Pasa y cierra la puerta —le dije en un susurro.

Me destapé y encendí a tientas la lámpara de mi mesita de noche. Cuando la estancia se iluminó Klaus miró el libro sobre hacking, abierto encima de la cama junto a un resumen del último Security Analyst Summit, donde Sergey Lozhkin explicaba cómo entrar en la red informática de un hospital.

—¿Otra recomendación de Edmundo Dantés? —me preguntó, con algo de sorna, refiriéndose a mi booktuber preferido.

Negué.

—Vale, vale, perdona, ¿eh? Solo era una broma. Últimamente te interesa más lo que dice Zoella que El Rubius. Por eso te lo decía. Pero nada, chico, no lo diré más. Por cierto, con la movida de Alba aún no te he contado nada del seguimiento a las tres pijas.

Aquello no me parecía muy importante en aquel momento, pero le contesté:

—Ah, sí, dime.

—Pues nada de nada. Al salir del colegio se fueron directas a un centro comercial a ver tiendas. Nada de hackers ni ladrones de exámenes ni nada. Solo ropa, que es lo que más les gusta del mundo. ¡Se pasaron más de dos horas de tienda en tienda!

Vaya. Y Julia tampoco había respondido a mi nota anónima. A lo mejor me equivocaba, pero si no sabían nada, ¿por qué Julia le había ofrecido comprar un examen a Ricardo? Me sentí tan frustrado y enfadado con la vida que en aquellos momentos me hubiese puesto a gritar.

—¿Necesitas que haga algo más? —me preguntó Klaus.

—Por ahora no, pero mañana puede que te necesite. Tenemos varios frentes abiertos. El más importante, claro, es encontrar a la madre de Alba. También me gustaría descubrir al ladrón de exámenes para que dejen de acusarme a mí. Y además, quiero demostrarle al director y a todo el mundo que es verdad que Rafaela Sanmartín nos maltrata en clase. Se lo he prometido a Ricardo. Así que...

En aquel preciso momento llamaron de nuevo a la puerta.

—¡Métete debajo de la cama! —susurré a Klaus mientras volvía a taparme y a apagar la luz.

La puerta se abrió.

—¿Estáis aquí?

Era Mireia. Respiré tranquilo.

—Pasa y cierra, que al final nos van a pillar. Ya sabes que tu madre no quiere que estemos de cháchara después de las once.

Me incorporé. Mireia se sentó en la cama y Klaus salió de su escondite e hizo lo mismo.

—¿Piensas hacer algo con lo de Alba? —me preguntó Mireia.

—Sí, mañana iré al cole porque a primera hora tengo a Rafaela. Pero luego me largaré para empezar a buscar a la madre de Alba.

—Néstor se enterará, ¿lo sabes, verdad? Han puesto un sistema nuevo que envía a los padres un mensaje si alguien falta a clase.

Ya había previsto aquella circunstancia. El instituto había puesto en marcha un programa para avisar por mensaje de texto cuando un alumno llegaba tarde, no iba a clase o fumaba.

—No te preocupes, tengo acceso al sistema del colegio. Mañana modificaré el número de teléfono de mi padre que aparece en mi ficha de alumno. Pondré mi propio número y así el sistema me avisará a mí.

—¿Puedes hacer eso?

—Sí.

—Entonces, modifica también el número de teléfono de mi madre. Yo te acompaño. Vas a necesitar a una chica. La gente confía más en las mujeres que en los hombres. Y si vamos al hospital, me harán más caso a mí que a ti.

—Yo también te acompaño —susurró Klaus—. Te hará falta alguien que sepa un poco de leyes.

Les sonreí y me sentí de pronto muy animado. Tenía mucha suerte de tener como hermanastros a Mireia y Klaus.

—¿Por dónde empezaremos las investigaciones? —preguntó Klaus con su lenguaje copiado de Néstor.

Cogí el móvil y abrí la aplicación de la cámara.

—Aquí tenéis la partida de nacimiento de Alba que los señores Gunter le han dado a mi padre —dije triunfal, mostrándoles la pantalla—. La he fotografiado cuando mi padre os ha dicho que os sentarais. Ahora ya tenemos algo para empezar a investigar.

Nos miramos en silencio y asentimos con complicidad. Los tres sabíamos que mi padre también empezaría por ahí su investigación, pero él solo usaría medios éticos. Yo, en cambio, estaba dispuesto a todo, fuese o no legal, para encontrar a la madre de Alba y salvarle la vida a mi amiga.

Viernes

7:30

Esa mañana nadie se hizo el remolón. Los cinco nos sentamos puntualmente alrededor de la mesa de la cocina para devorar el desayuno que, como cada mañana, había preparado Bibi: tostadas, cereales, zumo de naranja, leche con Cola Cao y café para los mayores. Klaus, que algunas veces le robaba un sorbo de café a mi padre (hasta en eso lo imitaba) encendió la televisión y empezó a zapear. Se detuvo en las noticias de Tele 5 y subió el volumen del aparato.

—¡Mirad! —dijo—. ¡Sale Néstor!

La voz del presentador dijo: «Ayer por la tarde el Club de los Imputados pasó a disposición judicial y esta misma mañana los hemos podido filmar mientras un furgón policial los llevaba a prisión». En primer plano aparecían unas imágenes de mi padre entrando, el día anterior, en el Palacio de Justicia de Barcelona para declarar contra unos hombres que, al parecer, habían robado dinero al Gobierno.

—Tu padre siempre metiéndose en líos —dijo Bibi moviendo la cabeza de un lado a otro.

No pude resistir soltar una pulla de buena mañana:

—Ya, y a mí ni siquiera se me permite ayudar a salvar la vida de mi mejor amiga.

Se hizo un silencio tenso que nadie se atrevió a romper. Continuamos desayunando mientras el presentador narraba la noticia. Se suponía que aquellos hombres habían robado dinero de un banco y se lo habían dado a un partido político para financiar una campaña electoral. Mi padre los había descubierto y un juez los había enviado a prisión. Bibi tomó el mando, cambió de canal y preguntó:

—Néstor, ¿esto nos puede traer problemas?

—No, tranquila. Ya están en prisión y poco pueden hacer desde allí —dijo con la voz acelerada y para cambiar de tema. Luego, dirigiéndose a nosotros, añadió—: Chicos, os quedan tres minutos para lavaros los dientes, preparar las mochilas y salir pitando al colegio. Hoy os lleva Bibi que yo tengo que ir a ver a los del departamento de adopciones de la Generalitat.

Yo no le quitaba el ojo ni a mi padre ni a mi mochila, que había dejado en el suelo de la cocina y donde tenía escondido un bolígrafo espía que le había birlado aquella misma mañana de su despacho. Lo había hecho apenas un rato antes. Cuando oí que la ducha se abría entré en su despacho de puntillas. Me sudaban las manos y notaba la sangre bombeando en mi cabeza. Sabía que estaba haciendo algo prohibido, pero pensé que el fin justificaba los medios. Abrí los cajones, llenos de papeles. Imaginé que podían tener un doble fondo, así que levanté los papeles, presioné la base y apareció ante mí un pequeño bazar de electrónica: cámaras de fotografiar pequeñas y grandes, antiguas y de última generación; cámaras de vídeo; micrófonos de diferentes formas y medidas; tarjetas SIM de varios tamaños, etc. ¡Bingo! Después de revolver entre cables y objetivos encontré lo que buscaba: un bolígrafo que una vez me había mostrado y en cuyo interior había una cámara de vídeo camuflada. Lo cogí. También cogí una tarjeta SIM sin estrenar de las que usaba mi padre para que no lo identificaran durante sus investigaciones. Y justo en ese momento la puerta del despacho se abrió y casi me da un infarto. Era Bibi. «¡Dios, qué pillada!», pensé de inmediato. Nos cruzamos la mirada en silencio. Cuando estaba seguro de que el chorreo era inevitable, de repente ella me sonrió y sin mediar palabra cerró la puerta.

—¡Está en su habitación preparándose! —oí que le gritaba a mi padre, que probablemente había preguntado por mí.

Corrí a mi habitación, cerré la puerta y noté las pulsaciones de mi corazón como si fuera un tambor.

Cuando dejé de jadear, activé el boli-cámara y, mirándome al espejo, hice un par de pruebas para asegurarme de que funcionaba. Después lo guardé en mi mochila, como si fuera un bolígrafo más, y fui a desayunar.

Bibi se dio cuenta de que vigilaba atentamente mi mochila y me guiñó un ojo. Luego se dirigió a Klaus y le preguntó lo mismo que cada mañana a aquella misma hora:

—Klaus, ¿has hecho los deberes?

Su hijo era el más listo de los tres, pero también el más vago. Ni a Mireia ni a mí nos hacían aquella pregunta porque sacábamos buenas notas.

—Siiiiiiií, mamá.

—Vale, pues limpiaos los dientes y en un minuto os quiero en la puerta.

Nos levantamos y cuando me dirigía a coger la mochila mi padre me dijo:

—Veo que esta mañana has decidido no darme un beso. Tú sabrás por qué lo haces, Marco, pero te advierto una cosa: si me entero de que has intentado acceder a la red del hospital donde nació Alba te has quedado sin ordenador, Playstation y teléfono durante muchos meses. Y recuerda que tengo controlados tu móvil y tu ordenador. No voy a permitir que mi hijo de catorce años se convierta en un delincuente.

No le contesté, ni siquiera le miré. En la cabeza solo tenía una idea: salvar a Alba como fuera.

7:43

Durante el trayecto desde la calle Ganduxer hasta el colegio, Bibi, que seguro que se olía algo, nos soltó un pequeño discurso sobre los riesgos de las redes sociales y del mal uso de los teléfonos móviles:

—Vuestros móviles son nuestros y os los prestamos. Por eso, tanto Néstor como yo tenemos derecho a revisarlos en cualquier momento. Además, tenéis prohibido usarlos en horas lectivas y enviar imágenes obscenas y de vuestra vida privada. Nada de fotos raras en el Instagram ni en el Facebook. Ayer los señores Gunter le contaron a Néstor que si Alba hubiese tenido más confianza con ellos se habrían podido dar cuenta antes de que le pasaba algo grave. Y también se lamentaron de no haber estado más atentos. Ayer, después de su desmayo, miraron su cuenta de Facebook y hacía días que ponía que se encontraba mal. Pero a ellos no les decía nada, se lo ocultaba por falta de confianza. Por eso yo siempre os escucho. Pero el día que deje de confiar en vosotros, la libertad se os ha acabado. ¿Me habéis entendido?

—Sí, mami —contestó Mireia con retintín y guiñándome un ojo.

—Además, estoy muy preocupada con vuestro instituto. Últimamente veo parejas de vuestra edad besándose sin ningún recato en la puerta, delante de todo el mundo. ¡Y solo tenéis catorce años!

—Marcia, una de las pijas —explicó Mireia—, siempre que llega a clase se quita la chaqueta, se queda en camiseta de tirantes y, sin más, se toca las tetas y se las sube. Todos los chicos de la clase se la quedan mirando. El otro día uno le hizo un vídeo con el móvil y luego se lo pasó a los compañeros por Whatsapp.

—¡Pero si es un orco! —dijo Klaus—. ¡Eh, sube la radio que suena Stitches!

En lugar de hacerle caso, Bibi apagó la radio y cortó las protestas de Klaus con un gesto enérgico. No sabía adónde quería llegar con su charlita, pero estaba claro que nos quería decir algo importante.

—Esa chica, Marcia, tiene la misma edad que Alba, porque también ha repetido curso —dijo—. Y también, como Alba, tiene problemas con sus padres. Ambas son propensas a buscar en los chicos el cariño que no tienen en casa. Por eso quiero que cualquier cosa que os preocupe me la comentéis. Sin excusas, ¿me habéis entendido?

—Pero qué dices, mamá —protestó Klaus—. Nosotros no somos como Marcia. Esa tía se ha liado con medio colegio y va todo el día más pintada que un apache.

—Esa niña no tiene la culpa —replicó Bibi—. Te lo he dicho mil veces. Las chicas con falta de cariño están confundidas. Por eso se visten como sus hermanas mayores y enseñan más carne de la cuenta. El problema es de sus padres, que no las escuchan ni las controlan. Como Andrea. ¿Os acordáis de ella? Su madre siempre estaba pendiente de ella. Así pudo darse cuenta de que tonteaba con un chico mucho mayor que ella y decidió que tenía que sacarla del instituto. La envió a estudiar fuera de España para que lo olvidase.

Klaus hizo un gesto de disgusto mientras Bibi continuaba hablando:

—El otro día me encontré con su madre y parece que la niña ya se ha olvidado de ese chico, y como no se ha adaptado muy bien a Irlanda va a volver a Barcelona. El año que viene empezará de nuevo en el instituto.

Miré a Klaus y le guiñé un ojo.

Justo en ese momento, Bibi frenó ante la puerta del insti. Mireia y Klaus salieron primero. Como Bibi conduce un utilitario pequeño de dos puertas y yo iba atrás, tuve que retorcerme como el Hombre Elástico para salir. Ya tenía una pierna fuera cuando Bibi me paró. Me giré como pude y nuestras caras quedaron enfrentadas.

—Has estado muy callado, Marco. Sé que tramas algo. Ten cuidado con lo que haces. Eres igual que tu padre y siempre quieres ayudar a la gente, pero aún eres un niño y no quiero que te metas en problemas. Antes, cuando te he visto en el despacho, no le he dicho nada a Néstor porque sé que estás muy preocupado por tu amiga, pero no volveré a cubrirte. Néstor te quiere mucho y siempre te ayudará. Por favor, confía en él y no empieces ahora a defraudarle.

No le contesté, en parte porque no me había hecho ninguna pregunta y en parte porque no quería mentirle. Me limité a asentir. Después acabé de salir del coche y caminé hasta el corro que formaban mis amigos en medio de la calle. Aquel era nuestro momento.

—¡Qué hay, tío! —me dijo Ricardo—, ya me he enterado de lo de Alba…

Arrugué la frente. ¿Cómo lo sabía?, me pregunté.

—Jodido, la verdad. ¿Y tú cómo te has enterado?

—Lo sabe todo el colegio. Es viral. Una profesora se lo ha dicho a una madre, esta a otra… y ya sabes cómo son estas cosas. El insti es un nido de cotillas. ¡Mierda de vida! —exclamó—. Pero no te comas tanto el tarro, tío. En serio, seguro que saldrá de esta.

—No lo sé. De verdad que es un gran palo. Si la pierdo… No sé qué voy a hacer.

Me eché las manos a la cabeza y Ricardo me rodeó con sus brazos. Estuvimos así unos instantes hasta que alcé la cabeza y vi su cara de preocupación.

—Y tú… ¿estás bien?

Negó.

—Yo también tengo problemas.

Esperé un rato callado. La verdad es que no me apetecía hablar de nada que no fuese Alba, pero como mi padre siempre dice: «Hay que ser generoso y escuchar a la gente que nos rodea». Al ver que no hablaba intenté animarlo con su tema de conversación favorito.

—Por cierto, ¿has visto el último vídeo de Wismichu?

En el Instituto Andreu Martín todos soñamos con ser *youtubers*. Algunos tienen más seguidores y son más populares que los cantantes de moda. Mis preferidos son El Rubius y Auronplay. Sin embargo, a quien sigo con pasión era al booktuber Edmundo Dantés. No solo me gusta por cómo me hace reír con sus recomendaciones literarias un poco ácidas, sino también porque es algo que puedo compartir con mi padre. Durante la última comida en que estuvimos los dos solos, mano a mano, cada uno con un auricular, él estaba feliz y sin controlar compulsivamente su móvil, como solía hacer. No paramos de reír hasta que nos sirvieron unas maravillosas hamburguesas y unos aros de cebolla.

Sin embargo, el preferido de Ricardo es Wismichu, que por entonces llevaba unos días jodido porque los medios de comunicación habían creado una polémica absurda a cuenta de su último espectáculo. El *youtuber* había subido un vídeo donde demostraba que él jamás había hecho apología de la pederastia, y que incluso la había criticado. Yo pensaba hacer algo parecido con Rafaela Sanmartín, por eso le había robado la cámara de vídeo a mi padre: quería demostrar al mundo que nosotros no éramos los culpables de que nos maltratase verbalmente.

—No, no lo he visto —contestó.

—Vaya, qué raro que tú te pierdas uno de sus vídeos. Lo lanzó ayer por la tarde. Algo grave tiene que haberte pasado. ¿Castigado otra vez? —pregunté.

—No, qué va, el problema ahora es Rita —contestó.

Ricardo me contó que había discutido con su novia, Rita, dos años mayor que él. Creía que le estaba siendo infiel. «Mira, como Xavi con Alba», pensé. Aquello era una epidemia. No acababa de entender la relación de Ricardo y Rita. Ella era una pija redomada, de las que empiezan todas las frases con «tía, qué guay» o «puta vida». Ricardo sin embargo, era un tipo normal, como yo. Una vez había escuchado decir a mis padres que éramos la clase media. Rita era como nosotros, pero hablaba como si tuviera un huevo duro en la boca y por alguna razón se creía tocada por la varita de Dios.

—Esta tía me vuelve loco. Un día me habla del futuro, que si nos casaremos y tendremos cinco hijos, que si viviremos en un caserón y tendremos un piso en la playa y otro en la montaña y no sé cuántas cosas más. Y al día siguiente ni me habla. O es muy rara o me está poniendo los cuernos…

Cuando cruzamos la puerta del insti dejé de escucharlo. Necesitaba concentrarme en todas las cosas que tenía que hacer en las horas siguientes. Todavía no sabía que me iba a meter en un montón de marrones.

8:00

—Cuando entramos en clase todavía estaba contándome algo de Rita que no escuché.

—Hablamos luego, ¿vale? —le dije, tal vez de una manera un poco brusca.

Se quedó mudo y extrañado. Nos sentamos en nuestro sitio, uno al lado del otro. Inmediatamente abrí la agenda y comprobé que después de la hora con Rafaela Sanmartín solo teníamos una clase antes del recreo, que era cuando iba a aprovechar para largarme. Estaba tan nervioso que ni siquiera me acordaba del horario escolar y tuve que secarme el sudor de las manos en la camiseta.

Conecté mi ordenador escolar al iPad que tenía escondido en mi taquilla. Cuando comprobé que era anónimo al sistema entré en el servidor. Cambiar los números de teléfono de mi padre y de Bibi en nuestras fichas de alumnos no me llevó más de cinco minutos, de manera que cuando Rafaela entró en clase ya había salido del servidor y estaba apagando el ordenador. Descubrí que Ricardo me miraba de reojo para ver lo que hacía.

Miré hacia las primeras filas, donde se sentaban las tres pijas malvadas, y comprobé que sonreían y cuchicheaban señalando con el mentón hacia mi sitio. Me sentaba en la tercera fila del aula, que estaba dividida en tres columnas de pupitres de dos personas. Éramos un total de treinta alumnos, de los que solo siete éramos chicos. Les devolví la sonrisa y tomé el bolígrafo espía del interior de mi mochila. Las enfoqué. Obviamente ellas no sabían que las estaba filmando. «Sonreíd a la cámara, malvadas, que pronto os haré famosas», me dije.

Rafaela entró arrastrando los pies. Respiraba con la boca abierta y caminaba con dificultad. Se sentó en la silla que estaba sobre la tarima y soltó una profunda exhalación.

—Abrid el cuaderno y sacad una hoja en blanco. Hoy tenemos examen sorpresa —fue lo primero que dijo.

Miré a mis compañeros. Todos tenían la misma cara de mala leche. Todos salvo Julia, Claudia y Marcia. Sospechoso, ¿verdad?

—Ni siquiera ha dicho unas palabras sobre el desmayo de Alba —le susurré a Ricardo.

—¡Sanchís! —gritó la profesora con voz chirriante—. ¡Me estoy empezando a hartar de tu comportamiento!

No quise replicar porque estaba grabando la conversación y, como no iba a tener tiempo de editar el vídeo antes de subirlo a Youtube, no quería aparecer discutiendo con ella. Pero Ricardo, que no sabía lo que estaba haciendo, dijo en voz baja:

—Y yo del tuyo, no te jode…

—¡¿Qué has dicho, Marco?! —gritó Rafaela.

—¡Eh, que yo no he dicho nada! —protesté.

Fue entonces cuando se levantó y arrastró sus pies hacia nuestro sitio. Retiré un poco la silla para que la cámara la enfocase bien y de paso evitar los salivazos que disparaba cuando hablaba cabreada. Estaba seguro de que esa parte del vídeo iba a causar furor en las redes.

—¿Sabes por qué han bajado tus calificaciones este último trimestre, Marco?

Me alcé de hombros y continuó, con la cara cada vez más roja.

—¡Por tu comportamiento! Quieres parecer un tío guay con tus compañeros y no respetas a tus profesores.

—¿A mis profesores?

—A mí —contestó.

Se hizo un runrún en la clase.

—¡Callad! —gritó la profesora.

—Si nadie está hablando —la corrigió Ricardo—. Yo solo oigo murmullos.

Rafaela meneó la cabeza.

—Dejémoslo, que con idioteces como esta al final nos alejaremos del propósito de la clase. ¿O es que pretendéis salvaros del examen? Por cierto, alguien ha robado varios exámenes de la red interna del profesorado y no tardaremos en saber quién ha sido. Esta misma mañana el instituto ha contratado a una empresa de seguridad informática.

Nos miró alternativamente a Ricardo y a mí y luego añadió, con una sonrisa cargada de maldad y desprecio:

—No respetáis a nadie. Vosotros dos y vuestra amiguita Alba sois un cáncer para esta clase y para todo el instituto. Sin gentuza como vosotros estaríamos más tranquilos.

El murmullo creció. Miró entonces fijamente a Ricardo:

—No me extraña que tu padre ni siquiera tenga ganas de verte.

«¡Menuda zorra!», pensé. En esos momentos la hubiese matado, pero me contuve y mirándola fijamente a los ojos dije:

—El respeto debe ser mutuo. Ya estamos hartos de tus insultos. Sin ir más lejos, acabas de burlarte de Ricardo y de que sus padres se hayan separado. En cuanto a lo de llamar cáncer a Alba, creo que te has pasado y mucho. ¿Sabes que le han diagnosticado leucemia y que los médicos le han dado solo cuarenta y ocho horas de vida?

Todos callaron, incluso las tres pijas malvadas. Rafaela se había pasado tres pueblos y ya no había vuelta atrás. Hubiese sido mejor para ella disculparse, pero ni siquiera en esos momentos dejó de ser una mala persona. Con la cara tan roja que parecía que le iba a dar un síncope, gritó:

—¡¡Fuera de la clase!! A ti y a Ricardo os quiero a las nueve en punto en el despacho del director. Y el resto me vais a contestar a unas preguntas. Ah, y el examen cuenta para la nota del trimestre, tanto si se ha podido hacer como si no. Sanchís y Ribaud tienen un cero cada uno.

9:00

Caminamos por los pasillos hacia el despacho del director. Ricardo andaba a mi lado en silencio y con cara de preocupación. Hacía rato que no decía nada.

—Venga, tío, no te preocupes. Es una mala tía y tú no tienes la culpa. Estoy seguro de que tu padre sí te quiere ver.

Le puse la mano en el hombro para intentar tranquilizarlo, pero no funcionó. Ricardo había cambiado en las últimas semanas: peleas continuas, palabrotas, algún *piti* de vez en cuando... Siempre estaba en tensión.

Me miró y por fin se decidió a hablar:

—La muy zorra me ha dejado en ridículo delante de todos. Ojalá se muera. Yo no vuelvo a clase, te lo aseguro. Me piro a la hora del patio y me importa una mierda si avisan a mis padres. Ya no puedo más.

Pensé en cambiar el número de teléfono de su ficha de alumno para ayudarlo, pero ahora que sabía que el instituto había contratado una empresa de seguridad informática no podía asumir más riesgos. Siempre que accedía al sistema borraba el registro de *logs*, que era donde se almacenaban los accesos al servidor, pero aun así podían pillarme mientras navegaba. Luego recordé que el día anterior había detectado a un usuario desconocido que se hacía llamar Deadpool. Tal vez era uno de los informáticos contratrados.

—Yo también me piro a la hora del patio. Luego te explico lo que pienso hacer, pero ahora entremos a ver al director.

Ascendimos los escalones que separaban el patio del edificio central. El instituto se había expandido con construcciones anexas, pero aquella era la original, construida hacía más de un siglo. Había recorrido aquellos pasillos en muchas ocasiones, pero hasta ese momento no me había dado cuenta de que en aquella parte del colegio no había chicos jugando a fútbol, ni chicas charlando, ni parejas ligando. Solo había silencio. Era la zona más temida, el lugar donde se decidían las sanciones y se comunicaban las expulsiones. Miré pasillo abajo y vi a lo lejos al director, que nos esperaba junto a la puerta de su despacho.

En aquellos momentos vibró el móvil en el bolsillo del pantalón, pero como no podía cogerlo miré mi reloj. Los tenía sincronizados y allí podía leer los mensajes que me enviaban en momentos como aquel. Me sobresalté cuando vi que era un wasap de Alba:

Estoy en el Hosp Clinic Me están aciendo pruebas y parece que estoy muy jodida —Me puedes venir a ver? Marco te necesito

No tuve tiempo de contestarle. Me paré frente al director y pensé cómo apañármelas para acabar rápido con la reunión.

—Pasad —dijo el director.

Ricardo y yo nos sentamos en dos sillas de madera anticuadas que crujieron bajo nuestro peso, sobre todo la de mi amigo. El director ocupó su sillón de cuero gastado.

—Siento mucho lo de Alba. Sé que sois muy amigos pero estamos aquí por otra cuestión. La profesora Sanmartín acaba de irse y está muy enfadada con vuestro comportamiento. Y yo no voy a permitir que le faltéis el respeto a ningún profesor de este centro.

—No sé qué le habrá contado Rafaela —intervino Ricardo—, pero le aseguro que es ella la que nos insulta. Hoy incluso ha llamado cáncer a Alba y se ha burlado de mí.

Silencio.

—Eso es imposible, chicos. Conozco a la profesora Sanmartín desde hace muchos años. Sé que desde que su marido murió su carácter ha cambiado y que tal vez no os caiga bien, pero estoy seguro de que jamás se ha burlado de ningún alumno.

Mi amigo hizo amago de protestar, pero el director levantó una mano.

—No me interrumpas, Ricardo. Voy a dejar esto en una advertencia y no voy a tomar ningún tipo de medida disciplinaria contra vosotros, pero quiero que os disculpéis hoy mismo con la profesora Sanmartín.

—De acuerdo, así lo haremos —dije antes de que Ricardo protestara y aquello se convirtiera en una discusión interminable.

Me levanté a toda prisa, agarré a Ricardo de uno de sus brazos musculados y lo arrastré fuera del despacho. Él me siguió a regañadientes. Mientras caminábamos de nuevo hacia nuestra aula, lo puse al día de mis planes: la grabación de Rafaela con el boli-cámara y la idea de subir el vídeo a Youtube, la huida prevista con Klaus y Mireia para buscar a la madre de Alba y el seguimiento que estaba haciendo de las pijas malvadas porque sospechaba que estaban detrás del robo de los exámenes. Cuando ya llegábamos al aula, me detuvo cogiéndome de un hombro y me abrazó con toda su fuerza bruta.

—¡Eh, tío, que me rompes!

Se separó y me regaló una de sus sonrisas de surfero.

—Eres un cabrón —dijo—. ¡El puto amo!

En realidad estaba acojonado por lo que iba a hacer y las consecuencias que podía tener, pero me gustó oír aquello.

10:30

Antes de que sonase el timbre para volver a clase nos escondimos los cuatro en un baño junto al patio. Era el de chicos y había tres cubículos cerrados con puerta. Nos metimos en uno como pudimos, apretujándonos en el poco sitio que dejaba el corpachón de Ricardo. Nos quedamos allí un momento en silencio hasta que dejamos de oír ruido a nuestro alrededor. Aproveché para contestar el wasap de Alba con el brazo que no tenía aprisionado entre mis hermanastros y el grandullón de Ricardo:

Ire a verte en cuanto pueda No te preocupes todo ira bien

Luego, tratando de olvidar que estaba desobedeciendo a mi padre y que me podía meter en un lío de dimensiones gigantescas, abrí la puerta de los aseos y me quedé mirando durante unos segundos hacia el exterior. Se oyeron unas voces en el piso arriba y luego unos pasos rápidos. Me quedé paralizado. En ese momento mi móvil vibró. Volví a entrar en el baño y cerré la puerta muerto de miedo. Miré la pantalla. Era un mensaje del colegio: «El alumno Marco Sanchís no ha asistido a la clase de las 10:30 horas». Justo después sonaron casi al unísono los móviles de Mireia y Klaus.

—¡Silenciad los móviles, joder! —les susurré.

Abrí de nuevo y salimos los cuatro.

—¡Por fin! —dijo Mireia—. Un minuto más oliendo vuestros sobacos y me muero de asco.

Con el ansia de separarse de nosotros, le dio un golpe a una papelera metálica, que salió despedida con estruendo. Nos quedamos inmóviles mirándonos los unos a los otros y temiendo que en cualquier momento nos descubrieran. Finalmente fue Klaus quien tomó la iniciativa:

—Venga, tíos. Si nos tienen que pillar lo harán igual. Es ahora o nunca.

Salimos en fila india al patio detrás de Klaus. Luego corrimos, pegados a la valla y camuflados entre unos árboles, hasta una zona alejada de las aulas y de la puerta de acceso al centro. Allí podíamos encaramarnos a un olivo y saltar a la calle. El primero en escalar fue Ricardo, que nos ayudó al resto a subir. Saltar fue mucho más sencillo. Después arrancamos a correr y dejamos atrás el Instituto Andreu Martín.

Ya podíamos poner en marcha mi plan.

Nos reagrupamos en una plaza que había detrás del colegio. Estábamos muy nerviosos. Era nuestra primera investigación importante y encima nos acabábamos de escapar del instituto.

El plan consistía en ir a la notaría donde la madre de Alba había renunciado a su bebé, y si no conseguíamos nada allí probar en el hospital. O donde nos llevasen las pistas.

—Bueno, yo me voy —dijo Ricardo—, pero antes tienes que explicarme qué tengo que hacer con el vídeo de Rafaela.

—Vale, es fácil. Como te he dicho, he grabado el principio de la clase. No creo que dure más de cinco minutos. Y te lo he enviado por Wetransfer.

—¿Qué es eso?

—Es una nube en Internet que te permite cargar y descargar archivos de gran tamaño. Cuando llegues al cibercafé que hay al lado de la Game te conectas a Google y miras tu correo. Encontrarás un mensaje mío con un *link*. Le das y descargas el vídeo. Luego lo editas y cortas el principio y el final, o sea, que empiece cuando Rafaela dice «abrid el cuaderno» y que acabe cuando nos envía al despacho del director. Esto es muy importante, porque si no se nos escuchará saliendo de clase y se sabrá que he sido yo el que ha grabado el vídeo. ¿Me sigues?

—Sí, hasta aquí bien. ¿Qué más tengo que hacer? —preguntó Ricardo, entusiasmado con la idea de hundir a Rafaela.

—Luego entras en Youtube. Esta mañana he creado una cuenta que se llama Rafaela Sanmartín con un correo falso de Fakemailgenerator. El usuario es Rafaela y la contraseña Sanmartín2016. Y luego cuelgas el vídeo. Eso ya sabes cómo se hace, ¿no?

—Pero eso es un delito —advirtió de pronto Klaus.

—¡Cállate, capullo! —le cortó Ricardo—. Esto es más importante que un pequeño delito. Falete va a pagar por todo lo que nos ha hecho, ¿verdad, Marco?

Respiré hondo arrepintiéndome por primera vez de lo que estaba a punto de hacer. Sabía que había pocas posibilidades de salir impune de aquello, y si el vídeo se convertía en viral podía ocurrir de todo. De repente, me sentí acalorado. Me quité la sudadera y la guardé en la mochila, no sin antes comprobar que seguía llevando al cuello mi colgante con una cruz. No es que sea muy creyente, pero siempre llevo mi «cruz» al cuello por motivos que ya contaré más adelante.

—Bueno, luego me envías a mí un *link* al vídeo. Pero tienes que enviarlo a un número de móvil nuevo. Apunta.

Le di el número de la tarjeta SIM que había robado a mi padre aquella misma mañana.

—Después yo me ocuparé de reenviarlo al grupo de Whatsapp de la clase y seguro que ellos lo hacen circular.

—¡Cojonudo, tío! Esto está chupado.

—Ricardo, no te hagas el chulo. Si no entiendes algo me lo preguntas, porque luego estarás solo, ¿vale? No hagas como en los partidos de baloncesto, que luego la cagas. ¿No has aprendido nada de tus broncas con Ricky? —pregunté refiriéndome a nuestro entrenador, que medía casi dos metros y tenía una voz de ultratumba que acojonaba.

—A ese se le va la flapa.

—No me jodas, tío. En el último partido metiste la pata hasta el fondo y por eso te gritó. Tiraste un triple en contraataque en vez de acabar con una bandeja. Y tú, en vez de aceptar que te sentara en el banquillo, acabaste montando una escandalera. ¿Por qué no te tranquilizas un poco y escuchas bien mis instrucciones?

Se lo repetí todo y me aseguré de que lo apuntara en una hoja de su cuaderno. Luego lo guardó en la mochila y nos despedimos. Pero no nos habíamos alejado ni cinco metros cuando escuchamos a nuestra espalda:

—Mira quién anda por aquí haciendo pellas, qué casualidad…

Nos dimos la vuelta. Eran los tres *canis* del Instituto Íñiguez, que se acercaban a Ricardo con muy malas intenciones.

—¿Quiénes son esos? —me preguntó Mireia.

—¡Mierda, son los del Íñiguez! La tienen tomada con Ricardo. Seguro que quieren pelea.

Me quedé paralizado junto a mis dos hermanastros. Los del Íñiguez caminaban sonrientes hacia Ricardo y me sentí obligado a ayudarlo, pero de pronto me frené: nunca me había peleado con nadie y no creía que aquel fuese el mejor momento para empezar, porque podía implicar a Klaus y a Mireia. Me quedé bloqueado sin saber qué hacer. Mi cerebro no salía del bucle en el que se había metido. De repente, Ricardo se giró y gritó:

—¡Iros de aquí! Tenéis que salvar a Alba. Dejadme a mí a estos tres. Yo me ocupo de estos tres chulitos.

Los miré y los vi sonreír. No parecían preocupados por la chulería de mi amigo. No eran tan altos ni corpulentos como él, pero eran tres y tenían una pinta que acojonaba. Klaus dio un paso adelante, dispuesto a pelear, y Mireia, aunque estaba asustada, apretó las mandíbulas dispuesta a todo. Pero no podía dejar que se metieran en aquello.

—¿Estás seguro? —le pregunté a Ricardo.

—¡Corred de una puta vez!

De entre todas las opciones que en una milésima de segundo barajó mi mente, llegué a la conclusión de que, efectivamente, aquella era la mejor. O, para ser exactos, la menos mala. Si nos enviaban al hospital no podríamos ayudar a Alba, y encima tendría que soportar el castigo de mi padre y el desprecio justificado de Bibi. Así que agarré a Mireia y Klaus y arrancamos a correr.

Cuando doblamos la esquina de la plaza y vi que mis hermanastros estaban a salvo, volví atrás unos metros y saqué el boli-cámara. Me sentía un cobarde pero se me había ocurrido que al menos podía grabar la escena y denunciarlos. Justo en ese momento capté cómo lo rodeaban y se abalanzaban sobre él como hienas, mientras Ricardo sacaba toda su rabia y se los sacudía a manotazos.

Luego corrí a toda prisa para reunirme de nuevo con Klaus y Mireia.

—¿Los has filmado? —preguntó Klaus.

Asentí. Era lo único que podía hacer después del esprint.

—Bien —añadió—. Al menos tenemos una prueba contra esos macarras. Y ahora corramos lejos de aquí. Nos queda cada vez menos tiempo.

11:40

Cruzamos la ciudad por las oscuras calles del barrio de Gracia, evitando cualquier ruta en la que nos pudiésemos encontrar con algún adulto conocido. En esos momentos era lo que más me preocupaba. Si alguien nos veía. mi padre se enteraría al momento y nuestro plan acabaría en la basura como un chicle mascado.

—¿Crees que Ricardo estará bien? —preguntó Mireia con cara de preocupación, mientras esquivábamos a la gente que deambulaba por las aceras estrechas.

—Sí, tranquila, Ricardo está muy cachas y seguro que al final les ha pegado una paliza a esos tres —respondí sin estar del todo convencido.

—Pues yo no lo veo tan claro —intervino Klaus—. El tío calvo tenía una pinta de delincuente que daba miedo. Ese te da un puñetazo y te saca una muela. Eso suponiendo que los tíos no lleven navajas o cadenas…

—¿Podrías ser un poco más optimista? —le interrumpí, en parte porque lo deseaba y en parte por no sentirme tan culpable.

—Venga, no os peleéis —terció Mireia, siempre dispuesta a ser comprensiva con todas las posturas—. Ahora tenemos algo más importante que hacer.

Miré el móvil para ver la hora y me alegré al comprobar que tenía un nuevo wasap de Alba. Pero la alegría duró un segundo: eran malas noticias.

—Me acaba de escribir Alba. Se la llevan a una nueva revisión médica porque le está sangrando la nariz a lo bestia. Hay que darse prisa.

Aceleramos el paso y tomamos el metro hacia la plaza Universitat. Aproveché el trayecto para poner en mi móvil la tarjeta SIM nueva que había escaqueado en el despacho de mi padre. Me dirigí a mis hermanastros, que hablaban entre ellos.

—Bueno, tíos, acabo de sustituir la SIM de mi teléfono para que mi padre no pueda localizarnos. ¿Habéis apagado vuestros móviles como os he dicho?

—Que sí, pesado —gruñó Klaus, con una extraña gran sonrisa en los labios.

En esos momentos me pregunté por qué sonreía. Más tarde supe el motivo: le había escrito Andrea y habían quedado para verse el fin de semana. ¡Al menos uno de los dos se había atrevido a expresar sus sentimientos!

—¿Y si Alba necesita hablar contigo? —preguntó Mireia, ajena al incipiente romance de su hermano.

—No hay más remedio que hacerlo así. Necesitamos un móvil para buscar información y comunicarnos en caso de necesidad, pero si no cambio la SIM mi padre nos localizará en cuanto sepa que nos hemos escapado del insti. Y tarde o temprano lo sabrá. Pero no te preocupes, si Alba necesita algo me lo hará saber por algún otro medio. No es tan tonta como crees.

Mireia miró al techo del vagón y suspiró, dándome a entender que le veía demasiadas virtudes.

Nada más salir del metro me vibró el móvil en el bolsillo. Era un wasap de Ricardo.

Video colgao aora te envio linc. Man jodido cara pero canis peor que yo.

Solté un «¡hurra!» y enseguida me arrepentí. Tenía que evitar que se me escaparan aquellas expresiones tan cursis si quería parecer un tío guay.

—Me acaba de escribir Ricardo. No solo está bien, sino que parece que ha masacrado a esos tres imbéciles. ¿Lo ves, Klaus? Eres un pesimista.

—Marco tiene razón —intervino Mireia—. Siempre piensas que todo va a salir mal.

Klaus encajó la crítica sin protestar. En otras circunstancias se habría peleado durante media hora con su hermana, pero no había tiempo para eso y lo sabía. Podía ser muy impetuoso, pero también conservaba la cabeza fría cuando hacía falta.

—Por cierto —siguió Mireia—, creo que tenemos que empezar a pensar en cómo vamos a engañar a la gente para conseguir información. Somos tres niños y no creo que ningún notario ni ningún médico nos haga mucho caso. ¿Cómo lo piensas hacer, Marco?

—Anoche estuve leyendo en Internet un par de blogs de chicas que buscan a sus padres. Y en todos ponía lo mismo: solo las personas adoptadas tienen derecho a conocer sus orígenes. Así que tú vas a ser Alba.

Mireia comprendió al momento y dibujó una gran sonrisa en su cara pecosa.

—Eres bueno, Marco Sanchís.

—Gracias, Mireia Bauman.

12:00

En las novelas y en las películas sobre crímenes, hay un momento en que el delincuente traspasa los límites de la legalidad y ya no puede volver atrás. Y entonces inicia una huida hacia adelante y arrasa con todo lo que le sale al paso, pues una vez cometido un delito es más fácil cometer el siguiente. Eso es, a pequeña escala, lo que me pasó a mí: le había robado un bolígrafo espía y una SIM a mi padre, había hackeado la intranet del profesorado para cambiar los teléfonos de nuestras fichas de alumnos, había grabado sin permiso a Rafaela Sanmartín y había creado un perfil falso en Youtube con un vídeo comprometedor y me había escapado del instituto arrastrando conmigo a mis hermanastros. Y todo en apenas un día… Sabía que mi padre no iba a confiar nunca más en mí, pero una vez iniciado el viaje y traspasados ciertos límites ya no podía rajarme.

Lo siguiente que pensaba hacer superaba cualquier otra cosa que hubiese hecho en mi vida. Era, además, un delito en toda regla. Pero no tenía más remedio que hacerlo si quería seguir adelante con mis planes. Y mis planes consistían en salvar a Alba. Los medios eran lo de menos en ese momento.

Mientras caminábamos a buen ritmo por la plaza Castella, busqué una pared blanca. Sonreí al ver la fachada de la parroquia de Sant Pere Nolasc, perfecta para mi propósito. Ahora encima iba a cometer un delito usando la Casa de Dios.

—Mireia, ponte ahí —le dije señalando hacia el muro exterior blanco de la iglesia—. Necesito hacerte una foto.

—¿Para qué? —preguntó.

—Es posible que en algún momento tengas que hacerte pasar por Alba, en la notaría o en el hospital o donde sea. Y para eso tengo que hacer algunos arreglos.

No preguntó más y se situó justo donde le había señalado. Abrí la aplicación Passport Photo ID Studio y le hice una foto. Luego volvimos al lado de Klaus, que parecía inquieto. Me dijo algo, pero yo estaba tan concentrado buscando en mi teléfono el locutorio más cercano que no le escuché. Cuando lo encontré en el plano aceleré el paso y ellos me siguieron. Cien metros más allá, en la calle Tallers, lo encontré.

—Esperadme aquí fuera.

Entré solo. No quería que fueran cómplices del delito que estaba a punto de cometer. Me atendió un joven marroquí que enseguida me indicó un ordenador ante el que sentarme. Me descargué de mi nube el DNI de Alba, que tenía almacenado desde que vino el miércoles anterior a pedirme ayuda, así como la foto que acababa de hacerle a Mireia. Lo ajusté todo con el Photoshop para que la foto de Mireia ocupase de forma creíble la de Alba en el DNI y luego lo imprimí y lo plastifiqué. Era una falsificación burda y casera, pero para nuestro propósito nos podía servir.

Diez minutos más tarde estaba de nuevo en la calle convertido en un falsificador. Aunque acababa de cometer un grave delito, me sentí invencible y empecé a creer que podría encontrar a la madre de Alba. «No hay tiempo que perder», pensé, pero en ese momento noté una mano en mi hombro. Era Klaus.

—Tío, ¿me quieres hacer caso de una vez? Antes te he dicho que me estaba meando y no me has hecho ni puto caso. Y ya no aguanto más.

—No me fastidies, tío. ¿Tiene que ser ahora? Hemos perdido mucho tiempo.

—No puedo más —añadió.

Por un instante pensé que Klaus iba a ser un lastre, pero enseguida aparté la idea: él y Mireia estaban allí por mí y tenía que estar agradecido. Entramos en un bar llamado Cup & Cake y nos sentamos. Mientras Klaus iba al lavabo aproveché para echar una ojeada a la partida de nacimiento de Alba. Sentí que aquel papel era lo más cerca que ella había estado de su familia biológica y meneé la cabeza, preguntándome quién era capaz de abandonar a un bebé tras haberlo llevado nueve meses en la barriga para que otros lo cuidasen. Alba tal vez no era del todo feliz con los señores Gunter, pero seguro que estaba mejor con ellos que con una madre capaz de regalar a un ser tan maravilloso.

Según el documento, Alba había nacido el 7 de febrero del año 2001 en el Hospital Clínico de Barcelona. Su madre había ido una semana antes al notario, acompañada de dos testigos que el documento no identificaba, para renunciar a la niña de por vida. No constaba el nombre de la madre, pero teníamos dos pistas para investigar: el propio hospital y el Colegio de Notarios de Catalunya. Sabía que iba a ser complicado conseguir algo, pero tenía tantas ganas de ayudarla que pensaba que no había nada imposible.

Klaus regresó aliviado. Pedimos tres cocacolas y mientras las traían aproveché para completar la Operación Rafaela. Para poner en circulación el vídeo descargué una aplicación que me permitía crear un número de teléfono falso. Me inventé uno cualquiera y luego configuré un nuevo grupo de Whatsapp con el título «El troll de Rafaela. ¡Pásalo!», al que agregué a todos los alumnos de tercero de la ESO del Instituto Andreu Martín. Copié el *link* a Youtube que me había enviado un momento antes Ricardo y lo pegué en el grupo. Y le di a enviar. En cuanto empezara a correr, los profesores sospecharían de mí y llamarían a mi padre, que se enteraría de que nos habíamos escapado. Miré el reloj: las 12:40. Un cronómetro mental me indicó que había empezado la cuenta atrás: «tic, tac, tic, tac». Teníamos poco tiempo.

—Bueno, ya está hecho. El vídeo que ha colgado Ricardo en Youtube ya está en circulación. Ahora crucemos los dedos y esperemos que el dire se dé cuenta de quién es esta tía.

—Y esperemos que no te descubran —apuntó Klaus—, porque te puede caer un buen puro….

—Eso ya lo sé, no hace falta que me lo recuerdes, pero ya estoy metido hasta el fondo —respondí—. Y ahora, si el señor ya ha desaguado, tendríamos que ponernos en marcha…

Arrugó el gesto, pero asintió. Me recordó a Alba y la primera y única vez que intenté hablar con ella «de nosotros». Fue el verano anterior. Yo estaba ayudándola con los exámenes de recuperación porque ella había cateado un par de asignaturas. Estábamos en su habitación, los dos solos.

—He conocido a un chico —empezó a decirme ella—. Se llama Xavier y es un bombón. Y a ti… ¿te gusta alguna chica?

—No, qué va. A mí no me gusta nadie.

—¿Estás seguro, Marco? El otro día uno de las pijas de la clase me dijo que estabas coladito por una chica.

—Pues no, se equivoca —le contesté.

Estoy convencido de que me puse colorado como un tomate. Ahora me doy cuenta de que sabía que yo estaba coladito por ella. Pero entonces, ni siquiera lo intuí. Y además, fui tan subnormal de darle mi bendición con Xavi.

—Si ese Xavi es buen tío, lánzate. Estoy seguro de que os irá muy bien juntos, porque tú eres una tía genial.

Menudo capullo fui, ¿verdad? Pero bueno, ahora ya era demasiado tarde para lamentaciones, tenía que pensar en el futuro y olvidarme del pasado.

Nos levantamos, pagué las cocacolas y me di cuenta de que me había quedado sin dinero. Un contratiempo más.

12:45

Caminamos a toda velocidad por la calle Tallers hasta que giramos por la de Ramelleres. Íbamos los tres en silencio, sin poder estar al lado el uno del otro por la estrechez de las calles y la abundancia de turistas. Pasamos por delante de la facultad de Filosofía y, tras un giro por la calle Elisabets, al fin caminamos sobre el empedrado de la calle del Notariat. En la esquina había unos hombres arreglando el pavimento, pero no repararon en nosotros. Finalmente llegamos frente al Colegio de Notarios de Cataluña.

Tuve que apoyar todo mi peso para que la gran puerta de entrada se abriese. Mireia y Klaus entraron pegados a mí. El vestíbulo tenía un aire señorial y las lámparas antiguas, clavadas en la pared, parecían llevar allí desde el inicio de los tiempos, más o menos cuando había nacido Carmen de Mairena. Giramos a la derecha y, cuando íbamos a atravesar una nueva puerta, sonó el móvil de Mireia.

—¡¿No lo has apagado?! —le pregunté.

Su cara se tensó y se mordió el labio inferior.

—Me he olvidado.

—¡Mierda! —grité—. No contestes. Seguro que es Néstor, o tu madre. Ya deben de estar buscándonos.

Miré el reloj.

—Tenemos que correr, porque en menos de veinte minutos estarán aquí.

—Perdona, Marco, es que con los nervios… —dijo Mireia con su cara pecosa enrojecida de vergüenza.

—Tranquila, ya nos preocuparemos de esto más tarde. Quédate fuera vigilando por si vienen. Klaus, entra conmigo. A ver si podemos conseguir algo.

Cruzamos una puerta de cristal y tras pasar unos tornos accedimos a una nueva sala donde había media docena de puestos de trabajo. Varios empleados atendían a la gente. Había tanta como en la Game cuando sale a la venta un nuevo GTA. Tomé un papel con un número de turno de un dispensador rojo y me situé al final de la cola.

—La leche, ¡cuánta peña! ¡Nos vamos a pasar la mañana aquí! —exclamó Klaus.

—Esperemos que no tarden mucho.

En el acta de nacimiento de Alba constaba el nombre del notario que había tomado nota de la decisión de la madre biológica de Alba de renunciar a su hija. La noche anterior había investigado su nombre y encontrado su esquela en *La Vanguardia*. Es decir, ya había fallecido. Pero pude averiguar que en el registro del Colegio de Notarios guardaban todos los escritos de los notarios fallecidos. Por eso estábamos allí.

Cuando diez minutos después llegó nuestro turno, le dije a Klaus que hablase él, que conocía más la jerga legal.

—Hola, buenas tardes —dijo mi hermano con su cara más sonriente.

—Buenos días —contestó la empleada, que le devolvió la sonrisa.

La observé. No debía de tener más de cuarenta años, pero sus ojeras la hacían parecer mayor.

—Ejem… esto…, quiero decir buenos días —impostó la voz para parecer mayor—. Vengo a buscar una copia del protocolo notarial número 1234 del notario ya fallecido Humberto de Arbeloa.

La empleada parecía divertida por el desparpajo de Klaus.

—¿Cuánto tiempo tiene ese protocolo? —preguntó sin dejar de sonreír.

—Ummm, pues un poco más de quince años.

—Entonces deberías ir a ver al notario que le sustituyó. Déjame que te explique: si el documento original tiene más de veinticinco años de antigüedad, está bajo la custodia y responsabilidad de nuestro notario archivero del Archivo Notarial de Barcelona. Si ese fuera tu caso, te podría ayudar yo. Pero si el documento tiene menos de veinticinco años, está bajo la custodia y responsabilidad de otro notario. En ese caso puedes localizar al notario responsable de ese documento mediante una herramienta en Internet que se llama Búsqueda de Escrituras, ubicado en nuestra página web —contestó como una autómata.

—¡Mierda! —exclamó Klaus.

Si la empleada se sorprendió por el taco de mi hermano, no lo demostró. Tecleó en su ordenador y continuó sonriente.

—En el caso de los protocolos de don Humberto, los ha heredado otro notario, don Jesús de Alvargonzález, que tiene su oficina en la calle Diagonal 520 de esta ciudad. De todas formas, para darte una copia de ese protocolo tienes que ser mayor de edad o, en su caso, tener un interés directo en el caso. ¿Tú lo tienes?

La cara de Klaus se volvió de un rojo intenso.

—Es que… verá… una amiga nuestra está muy enferma, tiene leucemia, y tenemos que encontrar a su madre biológica para que le haga un trasplante. Según consta aquí —dijo Klaus mientras le tendía mi iPad con la fotografía de la partida de nacimiento de Alba—, la madre firmó un documento renunciando a ella y tenemos que saber su nombre o el de los dos testigos que la acompañaban. Es fundamental que la encontremos si queremos salvarle la vida…

—Está en el Hospital Clínico —añadí— y morirá en cuarenta y ocho horas si no recibe un trasplante de médula de un familiar compatible. Nos ha dado su DNI por si hacía falta, ¿lo necesita usted?

—No, no. No hace falta…

Noté que la empleada se había conmovido con nuestra historia. Miró a su alrededor un momento, inclinó su cuerpo hacia nosotros y bajó la voz.

—A veces —dijo en un susurro—, las madres que dan a sus hijos en adopción se esconden en algún centro de monjas durante todo el proceso de gestación del bebé. Yo de vosotros empezaría por ahí. De todas maneras, como veo que sois unos chicos muy generosos y valientes, voy a llamar a la secretaria de Alvargonzález. Me debe un favor y a lo mejor si la llamo yo me puede dar el nombre. ¿Qué os parece si os apunto mi móvil personal y me llamáis a última hora del día? Mi nombre es Irina.

—Genial, muchas gracias —dijo Klaus.

—¿Sabe usted en qué centro de monjas solían alojar a esas madres? —le pregunté.

—Hay varios, pero yo de vosotros probaría en el convento Villa Isabelita. Allí es donde solían llevar hace unos años a las chicas jóvenes que no querían abortar y preferían dar el bebé en adopción.

Cuando me disponía a darle las gracias por su amabilidad, oí pasos acercándose a nosotros. Me di la vuelta justo en el momento en que Mireia llegaba casi sin voz a nuestro lado.

—Chicos, es hora de largarse. Acabo de ver pasar el coche de mi madre. Creo que está dando vueltas buscando un sitio para aparcar.

—Baja la voz —le dije.

No quería que aquella mujer nos tomase por unos fugitivos, aunque a decir verdad era lo que empezábamos a ser.

—Muchas gracias, Irina, te llamaremos —dijo Klaus mientras nos levantábamos y arrancábamos a andar.

Salimos de allí pitando y sin mirar atrás, y no dejamos de correr hasta que llegamos a la plaza de Joan Coromines, donde me plegué sobre mí mismo jadeando y tosiendo. Cuando recuperé el aliento y levanté la mirada, vi el Museo de Arte Contemporáneo de la ciudad y a mis hermanastros tan exhaustos como yo.

—A salvo —dije con media sonrisa, justo cuando un olor agrio ascendía hasta mi nariz—. ¡Joder, huelo a muerto! Necesito una buena ducha.

Miré a Klaus. De pronto parecía muy enfadado.

—¡Niñata de mierda, gilipollas! —gritó dirigiéndose a Mireia—. ¡Casi nos enganchan por tu puta culpa!

La empujó. Llevaban toda la vida haciendo lo mismo. A la mínima se enzarzaban en una pelea.

—Baja el volumen, idiota. No soporto tus gritos —le contestó ella.

—¿Podéis parar de una vez? No estamos aquí para discutir, joder. Y menos para pegaros.

—Oye, tío, ponte un punto en la boca y piensa qué más podemos hacer. Nos queda poco tiempo. Seguimos sin tener nada y empiezo a pensar que deberíamos habernos quedado en el colegio. Dime una cosa, ¿qué podemos hacer nosotros que no pueda hacer tu padre?

—No tengo ni idea de qué está haciendo mi padre, pero estoy seguro de que él está siguiendo las reglas del juego. Yo pensé en atacar el servidor del Registro de Notarios, pero era prácticamente imposible, por eso decidí venir aquí en persona. Pero estoy convencido de que, si Villa Isabelita sigue existiendo, será mucho más fácil colarse en su sistema. Y si la madre de Alba estuvo allí, conseguiremos su nombre. Ahora empieza la investigación de verdad, y veremos si mi padre con sus métodos tradicionales es capaz de conseguir la misma información que nosotros.

Los dos asintieron y yo intenté parecer optimista, pero en el fondo intuía que la cosa se iba a complicar.

13:10

Caminamos buscando un sitio donde sentarnos un momento y decidir el siguiente paso. En la plaza del Bonsuccés encontré una fuente antigua. Era de piedra y tenía una especie de murete donde me senté. Bebí e intenté mojarme las axilas con la esperanza de oler un poco mejor. Algo mareado, miré al frente y vi lo que quedaba del antiguo Convento del Bonsuccés y un patio interior. Me quedé empanado con la vista fija en la nada cuando, de repente, sentí que me mareaba y noté un líquido agrio en mi garganta. Me di cuenta de que tenía un miedo terrible. Miedo a perder a Alba, miedo a la reacción de mis padres, miedo a que descubriesen que había estado accediendo ilegalmente al servidor del colegio, miedo a que se supiera que el vídeo de Rafaela Sanmartín lo había grabado yo. Miedo a todo.

—¿Qué haces? —preguntó Mireia, que estaba de pie frente a mí—. ¿Estás bien?

Me incorporé y le quité importancia.

—Tranquila. Me he mareado un poco, nada más.

Mireia se encogió de hombros y en ese momento vibró mi teléfono. Sabía que solo podía ser un mensaje de Ricardo. Klaus y Mireia volvían a discutir.

—Nos va a caer un puro de cojones por culpa de esta imbécil.

—No nos caerá ningún marrón si encontramos a la madre de Alba —contesté mientras abría el Whatsapp. Lo que vi no me gustó nada…

Tio la emos cgado ☹☹. La policia a venido a mi casa. Rafaela a denunciado el video y no se como saben q soy yo.

¿Has ido a un locutorio?

No. Lo e echo desde casa.

Eres un idiota.

Ya ya. La e cagado bien. Pero ¿q les digo? ☹

Buf callate, no les diga ni mu. Habla con tu padre

Ya lo e hecho. Hace un rato que yo también e puesto

una denuncia.

¿X?

Por la paliza. He denunciado a los 3 canis ☹☹*.*

¿Y?

No me creen. Las familias de esos 3 han dicho que estaban con ellos. Es mi palabra contra la suya.

Joder

Sí. Los an djdo libres. Me van a matar.

Ya veremos

¿Q les digo del vídeo?

Que no sabes nada. Explícale a tu padre la verdad

Una mierda. Mi padre no me ayudará. Es un cpll.

Déjame pensar y luego te digo algo.

¿Decía miedo? Nada podía salir peor. Mi padre y Bibi nos buscaban y pronto lo haría también la policía. Y todavía no habíamos avanzado casi nada.

Mientras Klaus y Mireia seguían con su discusión, aproveché para mirar el Instagram de Alba. No había fotos nuevas. Su Facebook tampoco estaba actualizado y no había escrito nada en Twitter. Entonces recordé que no tenía el número de teléfono que estaba utilizando, y como necesitaba hablar con ella la llamé.

—Soy yo. Si tienes a alguien delante disimula.

—Hola, Berta —contestó. Su voz sonaba débil.

—¿Estás con gente?

—Sí, cariño. Estoy aquí con mis padres y con el padre de un amigo que no conoces. Se llama Marco.

—¡Mierda! Te estoy ayudando. Pienso encontrar a tu madre biológica. ¿Y sabes qué? Me he dado cuenta de que he sido un idota monumental. Hoy he recordado cuando me explicaste que habías conocido a Xavi. Ese día me preguntaste si me gustaba alguien y no me atreví a decírtelo. Pero en realidad... estoy loco por ti desde hace muchos años. No digas nada, que si no sabrán que soy yo. Y, sobre todo, no le des este teléfono a nadie en todo el mundo.

—Eso tenlo por seguro, Berta. Yo también tengo ganas de verte y de darte un abrazo y un beso. Oye, hablamos en otro momento que estoy muy cansada y quiero dormir un poco. Me acaban de dar una sesión de quimioterapia. Por cierto, ¿sabes que los médicos me han dicho que me quedaré sin pelo?

Empezó a llorar.

—Tranquila, Alba. Seguirás siendo la mujer más guapa del mundo. Para mí lo serás siempre.

Y colgué sin saber qué más decir. Mis hermanos habían dejado de discutir al darse cuenta de que hablaba con Alba.

—¿Cómo está? —preguntó Mireia.

—Creo que peor. He notado su voz muy débil. Si no encontramos a su madre pronto, creo que no volveré a verla nunca más.

14:30

Estaba resultando todo más difícil de lo que esperaba. Por eso, cuando Klaus empezó a hablar de los siguientes pasos me sentí de pronto derrotado. Volví a sentir un nuevo indicio de vómito.

—Marco, tío, ¿te encuentras bien?

—Sí, sí, dadme solo un momento para que me recupere.

Volví a mojarme la cara con el agua de la fuente. Fue entonces Mireia la que preguntó:

—Marco, ¿quieres que volvamos a casa y dejemos la investigación en manos de Néstor?

Me quedé mirando el móvil sin saber qué hacer ni qué decir. Frente a mí estaban mis hermanastros: Mireia de cuclillas intentando consolarme y Klaus a mi lado, inquieto por mi falta de decisión. El silencio se rompió con un suspiro de Mireia mientras hacía el gesto de apartarse su pelo rubio de la cara.

—Marco, o hacemos algo o Alba se va —dijo mi hermanastra—. Creo que debemos empezar a buscar lo que aparezca en Google sobre Villa Isabelita. Y cuanto antes mejor.

Fue como si me dieran una patada en el culo. Me levanté y empecé a deslizar el dedo por la pantalla del móvil.

Googleé hasta que encontré una noticia en *La Vanguardia* sobre Villa Isabelita:

«Se sabía que cuando una joven entraba embarazada en Villa Isabelita otra mujer iba a quedarse con su bebé si corría con todos los gastos».

—¡Joder! —exclamé, ya recompuesto—. Escuchad, que os voy a leer lo que pone en Internet: *«Todos los testimonios arrojan a la luz nombres y documentos sobre unas tramas que se lucraron con la venta de niños. Tramas integradas por curas, monjas, ginecólogos, notarios, enfermeras, matronas, abogados, encargados, secretarias y hasta conserjes. Se hacían listas de espera con bebés robados. No era gratis: los adoptantes pagaban importantes cantidades. Era un negocio boyante».*

—¡La leche! —dijo Klaus—. ¿Y pone algo más de Villa Isabelita?

Seguí leyendo en voz alta para ver qué más ponía:

—*«La Fiscalía de Barcelona está investigando actualmente 110 denuncias de posibles casos de bebés robados. La gran mayoría son casos de madres o padres que creen que sus hijos fallecidos al nacer realmente no murieron y fueron sustraídos para ser entregados a otros padres. Otro pequeño grupo lo componen hijos adoptados que creen que su adopción fue irregular, y otros que no constan como adoptados y dudan de su filiación.»*

—Entonces, ¿Alba puede ser una niña robada? —exclamó Mireia.

—No lo creo. Si las cosas son tal como dicen los documentos de los señores Gunter, la madre biológica sabía que su bebé no había muerto y por eso renunció a él. Además, aquí pone que en el caso de los bebés robados las monjas simulaban que el bebé había muerto y lo daban en adopción. Incluso tenían un bebé muerto realmente y lo mantenían congelado para mostrárselo a las madres.

—¡Qué bestias! —me interrumpió Klaus—. Tu padre siempre dice que las peores personas son las que dañan a las mujeres y a los niños… Pero, ¿dice algo de Villa Isabelita o no?

—Dice que la congregación de monjas ha desaparecido, pero que el convento aún existe. Espera… —tecleé de nuevo en Google—. Ah, aquí está. Hay un número de teléfono.

—¡¿Y a qué esperas para llamar?! —me dijo mi hermanastro, cada vez más inquieto.

Pensé que era mejor que Mireia hiciese la llamada y ella estuvo de acuerdo. Mi padre siempre dice que una voz femenina al teléfono inspira más confianza. El objetivo era saber si todavía guardaban allí los expedientes de las madres que había ido a ocultar sus embarazos. Acordamos que se haría pasar por Alba y diría que necesitaba localizar a su madre biológica por un tema de salud. Mi hermanastra se concentró un momento, me cogió el móvil de la mano y marcó el número que aparecía en la pantalla.

Esperamos impacientes durante los cinco minutos que duró la conversación. Tras colgar, nos contó que le había contestado un cura viejecito y que había sido muy amable con ella.

—Al grano —le pedí.

—Eso, no te enrolles —insistió Klaus—. ¿Qué te ha dicho el cura?

—Me ha explicado que desde que la congregación de religiosas se disolvió, allí solo viven él y otros dos curas. Y me ha dicho que se llama padre Anselmo.

—¿Solo eso? —pregunté.

—No, también me ha hablado de lo solo que se siente allí y me ha dicho que estaría encantado de que le visitáramos. Me ha contado que se aburre mucho y que dedica sus mañanas a leer la Biblia. Aunque, el muy pillo, me ha confesado que también lee novela negra. Me ha estado hablando de unos escritores que no me suenan de nada: un tal Juan Madrid, una Alicia Giménez Nosequé… Yo, como solo conozco a John Green, no he sabido qué decirle…

Mireia siempre eternizaba sus explicaciones, como si lo importante de la vida estuviera en los detalles.

—¡Vale, vale! —la interrumpió Klaus—. Te hemos entendido, que es un cura simpático y se aburre mucho, ¿no? ¡¿Y de los expedientes qué te ha dicho?!

Mireia alzó los hombros y sonrió.

—Dice que el mío, quiero decir el de Alba, podría estar allí, pero que para saberlo tendría que mirarlo. Me ha dado su dirección y me ha dicho que estará encantado de atendernos si le visitamos. Qué majo, ¿no?

Mientras con una mano retenía a Klaus, que hizo amago de volver a enzarzarse con su hermana, con la otra recuperé el móvil y pedí a Mireia que me repitiera la dirección que le había dado el padre Anselmo.

—Vaya —me lamenté—, está en la otra punta de la ciudad, en Pedralbes.

—Cojamos un taxi —soltó con decisión Klaus.

—¿Con qué pasta? —le pregunté.

—Esta mañana le he mangado a mi madre cuarenta pavos. Pensé que nos haría falta algo de dinero para nuestra aventura.

—¡Menudo descerebrado! —gritó Mireia—. Si mamá se entera no vas a salir de casa en años. La has cagado pero bien. ¿Y tú eres el que quieres ser abogado de mayor?

—No lo he pensado, la verdad… Solo pretendía ayudar.

Antes de que se repitiera la discusión entre ambos empecé a caminar hacia la plaza Cataluña, donde sabía que había una parada de taxis. Por el camino acordamos que cuando todo acabara se lo contaríamos a Bibi y le devolveríamos el dinero con nuestra paga semanal. Ya habíamos hecho demasiadas barbaridades como para añadir una más.

15:45

El convento de Villa Isabelita era una casona antigua. Sobre la fachada de piedra aparecía el nombre, hecho con placas de cerámica a las que les faltaban la mitad de las letras. Me apoyé sobre el muro de piedra que rodeaba el edificio y observé la gran puerta de madera y un patio en la parte posterior de la capilla, señalada con una gran cruz sobre una pequeña puerta de acceso metálica. Imaginé a la madre de Alba jugando en aquel patio con muñecas o leyendo la historia de los Hollister o los Cinco, las novelas que solía leer mi padre de joven y que aún estaban en su biblioteca.

Antes de dirigirnos a la entrada, pedí a mis hermanastros que esperaran un momento. Si quería conseguir la información antes que mi padre, no me bastaba con hacer de detective: tenía que usar mis conocimientos como hacker. Así que comprobé con mi iPhone 4 tuneado si habían redes wifi activas a mi alrededor, vi que había una con el nombre de Maristas, abrí una pequeña aplicación llamada Anti y me conecté al wifi. El programa actuaba de forma muy simple: escaneaba la red y cuando encontraba un ordenador conectado buscaba si tenía fallos de seguridad. Pero para mi desgracia no había ningún ordenador conectado a esa red.

—Nada —dije.

—Entonces tendremos que hacerlo como en los chats de ligue —dijo Mireia, resuelta—. Me haré pasar por Alba y espero que no se den cuenta.

—Tengo algo que nos puede ayudar.

Era el momento de usar el DNI falso de Alba, al que había añadido la cara de Mireia. Sabía que era algo ilegal, pero no teníamos más remedio que usarlo si queríamos obtener el nombre de la madre de Alba. Como decía mi padre cuando no veía otra salida, «de perdidos al río».

Cruzamos el hueco del muro, donde antiguamente debía haber una puerta, y recorrimos los diez metros que nos separaban del acceso principal. Un hombre de unos cuarenta años con un bigote que me recordó a Ned Flanders de los Simpson salía en esos momentos del interior. Cuando se cruzó con nosotros nos observó de arriba abajo y negó con la cabeza. Volví la cara para ver hacia dónde iba pero lo perdí de vista.

Miré entonces a Mireia.

—¿Preparada? —le pregunté.

Asintió.

Pulsé el timbre y esperamos más de tres minutos a que el anciano cura nos abriese. Calculé que tendría al menos setenta años. Vestía pantalón gris y una rebeca antigua, llena de bolillas y con un montón de pequeños agujeritos. Llevaba un pitillo sin encender en la boca y barba de varios días.

—¡Bienvenidos! —dijo. Su rostro parecía cansado pero el tono de su voz era amable—. Pasad, por favor. Soy el padre Anselmo.

—Hola, yo soy Alba y estos son mis hermanastros —contestó Mireia, sonriente.

Luego entramos en el edificio principal. Recorrimos tras el cura un largo pasillo hasta el vestíbulo central, donde se hallaba su despacho. Hacía más frío que en la calle. Me puse la capucha de la sudadera mientras Klaus se frotaba las manos y Mireia intentaba calentárselas con el aliento.

Nos sentamos frente a una antigua mesa y el sacerdote nos contó que entre sus escasas tareas estaba precisamente la de clasificar los expedientes de las niñas que habían sido dadas en adopción para entregárselas a un juzgado. Un abogado había demandado a la congregación y el obispado había encargado al padre Anselmo clasificar los expedientes.

—No es que fueran secretos —nos explicó—, pero no se los queríamos dar a cualquiera. Ahora, como el juzgado nos ha obligado a entregárselos, me obligan a mí a malbaratar el resto de mis días entre papeles y polvo. Y encima con este frío… He tenido que ponerme papel de periódico debajo de la rebeca para que el frío no me cale los huesos.

Sin dejar de hablar nos ofreció un plato con galletas María. Hablaba al ralentí pero sin dejar hueco para intervenir, algo que a Klaus y a mí nos desquiciaba, y se pasó al menos cinco minutos más parloteando de la congregación y de la vida austera que llevaban. Luego nos dio una charla sobre Jesús y el papel de la Iglesia en esos días. «Gracias a Dios, desde que el papa Francisco ha tomado las riendas del Vaticano todo parece que funciona mucho mejor», nos dijo. Parecía contento de tener visitas y se disculpó por no poder ofrecernos más que agua y galletas, que devoramos.

—Bueno, vosotros diréis.

—Venimos a informarnos sobre mi madre biológica —mintió Mireia.

—¿Cómo has dicho que te llamas?

—Alba Gunter.

Mireia le tendió con determinación el DNI falso. Pensé que si se fijaba un poco estábamos perdidos, porque la calidad de la impresión no era muy buena. Por suerte, apenas miró el documento y se lo devolvió a Mireia.

—Gracias —dijo—. Lo que pasa, Alba, es que esto no es tan sencillo. Desde hace meses estoy recopilando información sobre las jóvenes que venían aquí a pasar el embarazo. Pero las monjas no llevaban ningún registro ni control. Cuando me ordenaron que inventariase los expedientes, lo único que encontré fueron los datos de los bebés. Algunos expedientes están completos e incluso tienen fotos, pero son los menos. La mayoría tiene importantes lagunas de información, querida niña.

Luego se deleitó explicándoles el sistema de clasificación por el que había optado e incluso nos señaló los muebles metálicos donde guardaba los expedientes.

—Al final opté por clasificar a los bebés por la fecha de nacimiento —dijo—. ¿Tú cuándo naciste?

—El 7 de febrero de 2001, en el Hospital Clínico —contesté para evitar que Mireia balbucease.

—Así es —confirmó.

El padre Anselmo apoyó las manos sobre la mesa y se levantó con dificultad. Arrastraba los pies y con cada paso se oía el ruido del papel de periódico bajo su rebeca. Removió un rato en una de las cajoneras y al cabo de un momento se giró con una gran sonrisa iluminando su rostro.

—Aquí está —entendí que decía—. El 7 de febrero de 2001… Primero, hijita, deja que mire qué información hay y luego hablamos de los requisitos que hay que cumplir para darte una copia de los documentos, porque lo primero es lo primero y la ley hay que cumplirla. Y tú eres menor de edad.

—Obviamente —metí baza, para evitar que mi hermana se quejase—. Solo queremos saber si el expediente está aquí y luego usted nos da el formulario para que sus padres lo rellenen y se lo entreguen.

—Entonces ya estamos de acuerdo —afirmó el cura.

Al abrir el archivador, el chirrido de las guías metálicas enmascaró su voz. Sonreí de pura alegría mientras sacaba una carpetilla de color amarillo y volvía a la mesa. Empecé a morderme las uñas mientras Klaus, cada vez más inquieto, movía la rodilla sin cesar. Mireia parecía más tranquila y con una sonrisa esperó los minutos que el padre Anselmo se tomó para leer la información.

—Tu madre biológica te puso el nombre de María —dijo al fin.

—¿María? —preguntó Mireia.

—Sí, como la madre del Señor. Aquí incluso hay una foto tuya.

Puso frente a nosotros la foto de un bebé precioso.

—Pareces otra. Tú tan rubita y este bebé con el pelito tan oscuro.

—Sí, bueno. Ya sabe, padre, que las niñas cambiamos mucho de aspecto. ¿Y el nombre de mi madre? ¿Aparece en esos documentos?

Noté que mi corazón se aceleraba. De reojo miré a Klaus, que sacudía una pierna como si tuviera un tic nervioso. No fallaba nunca: en cuanto se inquietaba no podía dejar de moverse. De pequeño algunos médicos habían apuntado que podía tener un trastorno por déficit de atención e hiperactividad. Bibi se había negado a aceptar que medicasen a su hijo para frenar una supuesta enfermedad que simplemente consistía en que era un impaciente, tenía un poco de mala leche y estaba bastante consentido.

—¿Padre? —preguntó Mireia.

Al momento, el cura, que pareció volver de un túnel mental del tiempo, carraspeó.

—Lo siento, hijita. El nombre de tu madre no consta en el expediente de adopción. Pero es tu expediente, no hay duda, porque aquí constan los señores Gunter como padres adoptivos y el apellido que he visto en tu DNI es justamente ese. Y la fecha coincide. No hay duda alguna, tú eres María.

Pero ya no te puedo decir nada más. Espero que lo entiendas, Alba, hija mía, pero la ley me obliga a mantener estos documentos secretos.

En esos momentos el eco del pasillo nos trajo unos pasos y unas voces.

—Un momento, chicos. Parece que hoy es el día de las visitas. Nunca viene nadie y hoy esto parece una rambla. Primero me llamáis vosotros, luego viene un señor muy raro con bigote y ahora, ¿quién será?

Se levantó y cerró la puerta tras de sí. Salté de mi silla y pegué la oreja a la puerta, que como estaba rajada dejaba entrar algunos sonidos del exterior. A lo lejos me pareció escuchar una voz familiar. Muy familiar.

Me giré de golpe. Klaus estaba cogiendo la foto de Alba y los papeles del expediente de adopción y guardándolos en su mochila.

—¡Nos tenemos que ir, tíos! Estoy seguro de que es mi padre.

Vi que había otra puerta detrás de la silla del padre Anselmo. Me abalancé sobre ella y probé a abrirla. Me costó, pero finalmente cedió. Salimos a un pasillo que comunicaba con el patio exterior, donde había unas columnas y unos pequeños árboles. Rodeamos una fuente de cerámica sin agua y volvimos al interior del convento. Otro largo pasillo y al final vimos un portalón cerrado. Prometí a Dios que si nos ayudaba a salir de aquella jamás volvería a mentir.

—¡Marco! ¡Chicos! —Oí a mis espaldas en la lejanía.

—Vamos. Salgamos de aquí. Es la voz de Néstor, no hay duda —dijo Klaus.

Salimos a la avenida de Pedralbes justo por el lado contrario al de la puerta de acceso principal del convento, y nos pusimos a correr por las calles anchas y bien urbanizadas de la parte alta como si nos persiguiera una banda de zombis hambrientos. No paramos hasta llegar a la avenida Diagonal.

—¿Cómo… nos ha… encontrado? —preguntó Klaus, con voz entrecortada, cuando paramos frente a El Corte Inglés de Diagonal y nos camuflamos entre la gente que entraba y salía.

—No sé, a lo mejor la señora del Colegio de Notarios le ha hablado también a él de Villa Isabelita —contesté.

—No lo creo —contestó Klaus—. Además, allí ha ido mi madre.

—Mierda, ya sé cómo lo ha hecho. Seguro que ha detectado mi acceso a la nube cuando me he descargado el DNI de Alba. Y con la IP del móvil me vuelve a tener geolocalizado. Joder, no se le escapa una…

—No sé en qué idioma hablas, Marco Sanchís —resopló Mireia—, pero hazme el favor de solucionarlo antes de que se me salga el corazón por la boca. Porque yo no puedo más. ¡Esto parece un entrenamiento para los Juegos Olímpicos!

Anulé el geoposicionamiento del teléfono. Volvía a estar ilocalizable, pero no me podía conectar a Internet ni acceder al correo. La cosa se ponía cada vez peor.

—¿Y ahora qué hacemos? —preguntó mi hermanastro—. Porque estamos igual que al principio. Saber que se llamaba María y tener su foto no nos ayuda en nada para encontrar a la madre.

—Tienes razón.

Necesitaba pensar.

Empezamos a caminar ocultándonos de la visión de los coches. Cuando llegamos a la altura de la Illa Diagonal tuve una idea. Nos metimos en el Decathlon para escondernos, nos sentamos en el suelo enmoquetado de la sección de montañismo y, ocultos entre diferentes modelos de tiendas de campaña, le dije a Klaus:

—Creo que ha llegado el momento de hacer algo gordo. Muy gordo.

Y al decirlo me di miedo a mí mismo.

18:00

—¡¡¿Vas a hackear los servidores del Hospital Clínico?!! —gritó Klaus.

—¡Pero no grites, animal! —le reprendió Mireia—. ¿Quieres que se enteren hasta las cajeras del Decathlon?

—El único problema —dije, sin hacer caso de la nueva pelea de mis dos hermanastros—, es que tenemos que hacerlo desde dentro.

—Eso no es un problema —repuso Mireia—. Estamos a unas pocas calles, en diez minutos andando nos plantamos allí.

Estaba sorprendido. Aquella chica tranquila y obediente se estaba convirtiendo en una aventurera.

—Sí, pero si mi padre vuelve al hospital después de la visita al convento podemos cruzarnos con él. Y eso es lo último que necesitamos ahora.

—Llama a Alba para saber si anda por allí o tiene previsto ir —sugirió de nuevo Mireia, que ahora era la más decidida de los tres y la que tenía la cabeza más clara.

—Sí, creo que es lo que haré.

—¿Y podrás hackear el sistema, Marco? —dudó Klaus—. El Hospital Clínico es enorme, yo diría que es uno de los más grandes del país. Debe de tener lo último en seguridad.

—Seguramente, pero hay que intentarlo. Os propongo que primero vayamos al archivo del hospital y pidamos el nombre de la madre, ahora que sabemos gracias al padre Anselmo que dio a luz allí mismo. Y si no lo conseguimos, que es lo más probable, activaremos el plan H. O sea, el Plan Hacker. En cualquier caso, tenemos que ir allí. Desde aquí, sin ordenador y con un móvil que ni siquiera podemos conectar a Internet para que mi padre no nos localice, no podemos hacer nada.

Vi miedo por primera vez en la cara de Klaus. Ahora se habían invertido los papeles entre mis dos hermanastros.

—No tenéis por qué hacer esto conmigo, no os sintáis obligados. Ya habéis hecho mucho. Ahora podéis volver a casa y solo os llevaréis un pequeño castigo por escaparos del insti.

—Y por robarle dinero a mi madre, y por robar un expediente de adopción al padre Anselmo y por simular que soy otra persona… No, Marco, nosotros tampoco tenemos vuelta atrás. Estaremos contigo hasta el final, ¿verdad, Klaus?

Mi hermanastro levantó la mirada del suelo y asintió.

—Mireia tiene razón. *Alea jacta est.*

—¿Cómo?

—Nada, tío, que llames a Alba para ver si el terreno está despejado.

Marqué el teléfono de Alba, que casi ni sonó. Su «hola, Marco», consiguió erizarme el vello del brazo.

—¿Estás sola?

—Sí, por fin. Mis padres han ido a casa a ducharse y volverán en una hora más o menos. Tu padre ha venido a verlos varias veces y, me ha parecido oírle decir que está en contacto con el Departamento de Adopciones de la Generalitat. Pero no sé mucho más, Marco —dijo con una voz casi inaudible.

En ese momento, al escucharla tan apagada, deseé profundamente volver a verla como cuando la conocí en un parque del barrio, con cinco o seis años, subida a un árbol y llena de vitalidad. Recuerdo que debajo de ella estaba la señora Gunter, desesperada por que la pequeña gamberra bajase de allí sin hacerse daño.

—¿Os ha contado algo más mi padre de su investigación?

—No mucho. Creo que está aprovechando algunos contactos suyos en la Generalitat para que aceleren los trámites, pero mañana es sábado y no trabajan. Y los médicos no están seguros de que llegue al lunes…

Cuando oí que mi padre estaba investigando por los caminos tradicionales y legales, me alegré de todos los delitos que había cometido hasta el momento para ayudarla. Pensé en explicarle que tenía pensado hackear el sistema informático del Clínico, pero tal vez mi padre había manipulado el móvil de Alba para seguir mis pasos.

—Claro que llegarás. Porque voy a encontrar a tu madre mucho antes. Ahora no puedo hablar mucho, pero quiero que sepas que tengo una buena pista y que todo va a ir bien —mentí.

Estuve a punto de añadir que tenía ganas de besarla, que debía aguantar y que no se podía morir, pero callé. No tenía sentido ponerme melodramático cuando aún tenía posibilidades de ayudarla.

—Un momento —me advirtió Alba—, que entra alguien.

El corazón me dio un vuelco hasta que al cabo de unos momentos volví a escuchar su voz:

—Tranquilo, es una amiga del insti que ha venido a verme. No sé si te acordarás de ella. Se llama Andrea. Se fue a Irlanda y ahora ha vuelto a España.

Sonreí mientras buscaba con la mirada a Klaus.

—Anda, pásame a Andrea. Quiero hablar con ella.

—Bien, vale, no sé por qué tienes tanta prisa en colgar, la verdad. Espera que te la paso.

Hice un gesto a mi hermano para que se acercase y le pasé el teléfono.

—Una sorpresa —le susurré al oído.

—¿Hola? —dijo Klaus.

Escuchó y puso cara de sorpresa.

—Ah, hola, Andrea... Sí, sí, en un rato te veo... Claro, tengo muchísimas ganas de estar contigo... Vale, vale, ya se pone...

Me devolvió el teléfono y escuché de nuevo a Alba.

—¿Marco?

—Sí, dime.

—Ten mucho cuidado, por favor. Aún tengo muchas cosas que explicarte sobre nosotros…

No supe qué contestar, así que me limité a decir:

—OK, te llamo más tarde.

Y colgué.

19:00

Aunque estábamos cerca del hospital, cogimos un taxi para ganar unos minutos que podían ser vitales. Todavía nos quedaba algo de los cuarenta euros robados a Bibi.

En el taxi aproveché para llamar a Ricardo. Sonaba *No*, de Meghan Trainor, en los altavoces. El conductor se dio cuenta de que estaba llamando y bajó el volumen de la radio justo en el instante en que mi amigo contestó.

—¿Cómo va?

—Jodidos, tío. El vídeo ya es viral. Acojonantemente viral. ¡Lo ha retuiteado El Rubius! Yo ahora estoy con mi padre en comisaría porque Rafaela ha puesto una denuncia y me han llamado para interrogarme. Lo único bueno es que mi padre está aquí conmigo y nos apoya. Me ha dicho que lo niegue todo y que te ayude.

Respiré, algo más tranquilo. Por lo menos había alguien que empezaba a arreglar su vida. Que Ricardo y su padre se reconciliasen era algo importante para él. El señor Ribaud tampoco se llevaba muy bien con el mío, desde que se enteró de que le había investigado para ayudar a la madre de mi amigo para que cobrase la pensión de alimentos de su hijo, por lo que me extrañó saber que le había recomendado que me protegiese.

—Y con los del Íñiguez, ¿qué ha pasado?

—*Mother fucker*, tío. Son unos *mother fucker*. Sus familias han dicho que estaban con ellos y los han dejado en libertad. Mi padre dice que tienen… ¡Ah, sí! Es que lo tengo aquí a mi lado y me lo acaba de recordar. Que tienen «una coartada muy sólida». Ahora, además, me la tienen jurada por chivato. El novio de Julia va al Íñiguez y le ha dicho que ahora sí que van a por mí en serio. Dicen que me van a matar… Todo ha salido como el culo, Marco.

—No todo —contesté—. Los filmé cuando te estaban pegando y puedo probar que mienten.

Noté una mano en mi espalda y me giré de golpe. Klaus estaba negando con la cabeza. Tapé el micrófono del teléfono y alcé la barbilla para que hablase.

—Si dices que tienes el vídeo la poli sabrá que eres tú quien ha hecho el de Rafaela. Has de callarte la boca. O proteges a Ricardo y nadie puede probar que el vídeo de la profesora lo has hecho tú, o le ayudas y te comes un marrón que te cagas.

Respiré hondo. Klaus tenía razón, pero aun así estaba seguro de que entre todos encontraríamos una solución. Ahora, sin embargo, la prioridad era Alba. Esa sí que era una cuestión de vida o muerte.

Me despedí de Ricardo prometiéndole que lo iba a arreglar todo. Aún no sabía cómo hacerlo, pero volvía a ser optimista. En ese momento el taxi paró delante de la puerta principal del Clínico, en la calle Villarroel.

—Son seis euros —informó el taxista.

Klaus pagó y bajamos. Miré al frente. El edificio era una mole fea e insulsa, como un búnker.

Ascendimos las escaleras de la entrada y en la recepción preguntamos por el número de habitación de Alba. Estaba hospitalizada en el Departamento de Oncología Infantil, en la tercera planta. La empleada nos indicó el camino. Giramos a la derecha y luego subimos varios escalones más hasta que encontramos un ascensor. Los tres nos mantuvimos en alerta todo el tiempo por si veíamos a mi padre.

Subimos en silencio entre un grupo de pacientes, enfermeros y visitantes. Nos mirábamos tratando de transmitirnos ánimos con el gesto, aunque en realidad estábamos agotados después de recorrer la ciudad arriba y abajo durante todo el día con las mochilas a cuestas y la tensión de saber que estábamos haciendo algo prohibido y en cualquier momento podían pillarnos.

El ascensor frenó con un golpe seco y, cuando las puertas se abrieron, me encontré de cara con un cartel que indicaba qué servicios había en cada planta, como en los grandes almacenes. Busqué el Departamento de Informática y vi que también estaba en la tercera planta. Ya lo tenía localizado.

Tras un corto trayecto nos topamos con otra recepción. El mostrador era blanco y anticuado, como casi todo en aquel hospital. La empleada que atendía desde el otro lado era mayor y parecía un poco cascarrabias. Del bolsillo de la bata le colgaba una placa con su nombre y cargo: «*Blanca. Enfermera Jefe*».

—Hola, buenas tardes —saludé.

Ni siquiera se dignó a contestarme. Tenía un teléfono en una mano y varias hojas en otra. Detrás de ella había cuatro enfermeras, cada una haciendo algo diferente. Ninguna reparó en nosotros. Carraspeé y la enfermera jefe alzó la mirada, pero negó con mal humor y la volvió a bajar. Parecía enfadada con el mundo. Opté por ser educado y esperé pacientemente.

—Perdóneme, señora —dije cuando colgó y me miró—, mi padre me ha dicho que tengo que ir al departamento de archivos para entregar estos documentos

Le mostré los papeles de Alba.

—Está allí mismo —contestó mientras señalaba hacia el final del pasillo.

Caminamos hasta una puerta verde repintada con una placa justo en el centro, a la altura de mis ojos, que indicaba sucintamente: *Archivo*. Miré a Klaus y Mireia, que asintieron con complicidad. La idea era ablandar el corazón del archivero y conseguir que nos diera el nombre de la madre de Alba, que según los documentos que nos habíamos llevado de Villa Isabelita había dado a luz a su bebé justo en aquel hospital donde ahora ese bebé, con quince años y una leucemia, luchaba por seguir con vida. Si no lo conseguíamos, habría que pasar al plan H, más complicado y arriesgado: hackear el sistema informático del hospital.

Golpeé la puerta.

—¡Adelante!

Entramos a un despacho pequeño y sin ventanas. Había dos mesas sencillas y funcionales, varias sillas también sencillas y funcionales y un solo ordenador con un gran monitor. Ni rastro de carpetas, archivadores ni papeles. Detrás del monitor emergió la cabeza peluda de un tío de unos treinta años, con una barba larga y poblada y una camisa de leñador. No llevaba bata ni uniforme de ningún tipo. Parecía más un hípster que un empleado de hospital.

—Tú dirás.

—Verás, ayer entró por Urgencias una chica que se llama Alba Gunter después de sufrir un desmayo. Se han dado cuenta de que tiene un cáncer muy grave y necesita un trasplante, pero como es adoptada necesita encontrar a su madre biológica, y curiosamente hace un rato hemos sabido que su madre la trajo al mundo justamente aquí, en el Clínico, el 7 de febrero de 2001, y hemos pensado que, bueno, que siendo una cosa tan grave, tal vez podrías ayudarnos. No la podemos dejar tirada. ¿Verdad que nos ayudarás? —solté de un tirón.

Luego suspiré y logré sin esfuerzo que una lágrima rodara por mi cara. A mi izquierda y mi derecha, Mireia y Klaus ponían también la cara más compungida de su repertorio.

—Espera, espera. Habla más despacio, que no te he entendido. Vuelve a empezar, si no te importa. Ah, por cierto, me llamo Antonio.

Me sonrió y con parsimonia tomó un bolígrafo y un papel y empezó a escribir. Me lo hizo repetir todo poco a poco y mientras tomaba notas con una mano, con la otra escribía en el móvil.

—Sentaos, por favor —dijo señalando las dos sillas que había frente a él—. Veré si os puedo ayudar.

Se sentaron mis hermanastros y yo permanecí de pie. Durante más de diez minutos estuvo tecleando. De vez en cuando alzaba la vista para mirarnos, sonreía y comprobaba de reojo la pantalla de su móvil. Parecía majo. Nada que ver con Blanca, la enfermera jefe de la planta de Oncología. Sin embargo, al ver que tardaba tanto y no dejaba de mirar el móvil, tuve un mal presentimiento. Toqué el hombro de Mireia, le hice un gesto para que se levantase y dije en voz alta:

—Antonio, creo que lo mejor es que nos vayamos y volvamos más tarde.

—Esperad... Ya lo tengo.

Y de repente la puerta se abrió.

Imaginad lo peor y acertaréis. Sí, era mi padre. Entró dando un traspié. Parecía alterado, como si hubiese llegado a la carrera.

—Gra...cias —dijo con la voz entrecortada y dirigiéndose a Antonio.

Luego se giró hacia nosotros.

—Sabía que en algún momento pasaríais por aquí, por eso se lo advertí a Antonio, que ha sido muy amable al avisarme.

—Lo siento, chicos —dijo el hípster, que parecía sincero.

—Ahora vamos a ir al bar de la planta baja y hablaremos los cuatro.

Mis hermanastros asintieron avergonzados y caminaron hacia la puerta. Yo me quedé inmóvil.

—¡He dicho que nos vamos, Marco!

Evalué un instante qué hacer y llegué a la conclusión de que no tenía sentido resistirme. Al menos de momento. Por otra parte, tenía curiosidad por saber si mi padre había averiguado algo. Así que le seguí.

Caminamos los tres tras él, cabizbajos y en silencio. Nadie habló hasta que estuvimos sentados en el bar del Hospital Clínico.

19:30

En la cafetería nos sirvieron bocadillos y agua fría, que devoramos los tres. Caí en la cuenta en aquel momento de que no habíamos comido casi nada en todo el día, aparte del desayuno, una cocacola y las galletas María del padre Anselmo.

Desde que nos sentamos, Néstor no paró de hablar por el móvil. Primero con Bibi, luego con el Departamento de Adopciones de la Generalitat, y finalmente con los padres de Alba y con el padre de Ricardo. Por sus conversaciones deduje que llevaba todo el día intentando ayudar a mi amiga y tratando de apagar los fuegos que nosotros habíamos encendido.

Cuando se despedía del padre de Ricardo llegó Laura, su asistente de toda la vida, como si estuvieran sincronizados. Aunque era un poco más joven que él, solo había tenido aquel empleo. Me conocía desde que nací y siempre había sido muy amable conmigo, pero aquel día me miró muy seria mientras entregaba a mi padre unos documentos.

—Necesito que firmes esto. Ya he enviado todos los correos electrónicos que me has pedido y he anulado todas tus citas del fin de semana. Las he cambiado para la semana que viene, que espero que sea más tranquila —dijo mientras me miraba de nuevo con desaprobación—. ¿Aún no hay noticias del Departamento de Adopciones?

Mi padre negó y luego le agradeció que se hubiese desplazado hasta allí para darle aquellos papeles. Días más tarde, cuando la volví a ver, me explicó que habían estado muy preocupados por nuestra desaparición. En los años que llevaba trabajando en Sanchís & Asociados, nunca había visto a mi padre tan desquiciado como aquel viernes. También me contó que los pocos casos de menores desaparecidos que había investigado mi padre no habían acabado bien, y que por eso enloqueció cuando le llamaron del Instituto Andreu Martín y le informaron de que había alterado nuestras fichas de alumnos para evitar que nos localizasen.

En cuanto Laura se marchó observé detenidamente a mi padre. Siempre vestía impoluto. La prensa lo había bautizado como «el dandi Sanchís» por su manía de vestirse con los colores de sus emociones. Por eso, cuando me fijé en que llevaba un traje negro supe que lo había pasado mal. Después de que Klaus eructase y mi padre lo fulminase con la mirada, creí que era el momento de disculparme.

—Lo siento, papá. La culpa ha sido mía, ellos se han dejado arrastrar por mí. No los castigues, soy el único responsable.

—Olvida eso ahora, ya hablaremos en casa. Entre otras cosas porque Bibi, que está muy preocupada y cabreada, también tiene que dar su opinión. De momento limítate a contarme qué has descubierto.

Mi padre había hecho más o menos el mismo recorrido que nosotros siguiendo nuestros pasos, por eso me sentí halagado al ver que quería escuchar de mi boca nuestros adelantos. Le relaté lo que sabíamos: que la madre de Alba había estado durante todo el embarazo acogida en Villa Isabelita, que las monjas habían llamado María a Alba y que había nacido en el Hospital Clínico, donde ese día solo habían nacido diez bebés.

—Al grano, Marco. Sé que os habéis llevado el expediente que tenía el padre Anselmo. El resto no hace falta que me lo cuentes. No pensarás que un detective aficionado va a sacar más información que uno profesional, ¿verdad?

—Pues, por lo que sé, tengo una foto que tú no tienes.

—Deja las impertinencias para casa y enséñame de una vez el expediente que habéis ro-ba-do de Villa Isabelita.

Le mostramos la foto y el resto de documentos. Había solo media docena de hojas, que leyó rápidamente. Entonces levantó la mirada del expediente y nos explicó que durante tres meses Alba tuvo unos tutores, tal como exigía la ley, y que en su despacho estaban tratando de localizarlos. También nos comentó que, a diferencia de lo que creíamos, ese día solo habían nacido seis bebés en el Clínico, de los que solo dos eran niñas.

—¿Eso es todo lo que has averiguado?

Antes de contestarme me dio una charla sobre la humildad y sobre la diferencia entre los detectives profesionales y los aficionados. Noté que se estaba conteniendo para no gritarme allí, en medio de todo el mundo.

—Mira, Marco, tú eres un aficionado en todo esto y podrías haberlo fastidiado todo. De hecho, por vuestra culpa el Hospital Clínico ha establecido un protocolo de seguridad en torno a Alba para evitar que se filtre información. Si había alguna posibilidad de ayudarla por esa vía, la habéis eliminado por completo. Creo que aún no sois conscientes de la cagada tan monumental que habéis cometido.

Alcé las cejas con sorpresa y mi padre continuó:

—Voy a contarte lo que he descubierto. Las adopciones en Cataluña las gestiona el Instituto Catalán de la Adopción. He estado reunido con los responsables y Alba tiene derecho a conocer, esté enferma o no, el nombre de su madre. Pero solo ella, no tú y tus hermanos haciéndoos pasar por Alba y robando información.

Miramos los tres hacia el suelo mientras mi padre abría el maletín que siempre llevaba consigo y ponía sobre la mesa, mirando hacia mí, una fotocopia de un artículo de *El Periódico* titulado: «Cataluña facilita saber el origen biológico de las personas adoptadas».

Leí en voz alta:

«El gobierno catalán ha aprobado un decreto por el que se establece el procedimiento para facilitar a las personas adoptadas y a las personas tuteladas por la Generalitat el conocimiento de sus orígenes y parientes biológicos.»

—¿Y cuál es el procedimiento para saberlo? —preguntó Klaus.

Néstor sonrió por primera vez desde que nos había encontrado y pareció relajarse un momento. Klaus siempre conseguía ese efecto en mi padre, justo el contrario del que conseguía yo; al menos últimamente.

—Es un procedimiento confidencial que se ha iniciado esta misma mañana con la presentación de una solicitud a la Generalitat e incluye... Déjame leértelo con exactitud —dijo mientras tomaba un documento—: «*El acompañamiento técnico necesario para conocer las circunstancias en que se produjo la separación, aclarar las posiciones manifestadas por cada una de las partes implicadas y, en su caso, preparar el encuentro entre ellas, en las condiciones adecuadas*».

—No he entendido nada —dijo Mireia.

—Que hay un equipo técnico y de psicólogos que tiene que evaluar si Alba se puede encontrar con su madre —explicó Klaus, que añadió en voz baja—: Tonta.

—¿Y si la madre no la quiere ver? —volvió a la carga mi hermanastra, pasando por alto el comentario de Klaus—. ¿O si Alba no la quiere ver y solo necesita su médula para curarse? Porque la verdad es que yo no sé si querría encontrarme con la mujer que me abandonó al nacer y me dio a otra gente.

Néstor asintió.

—Si el equipo técnico que hace el proceso de acompañamiento constata que un encuentro entre las dos partes no es viable, entonces se limitan a facilitar a la persona interesada los datos de identidad que se hayan podido obtener de los progenitores biológicos, sin promover el encuentro entre las partes.

—Es decir, que dejan que la niña haga lo que quiera y decida si quiere o no conocer a su madre —apuntilló Klaus con una sonrisa.

—Así es.

—¿Y cuándo lo sabremos? —pregunté, algo celoso por la complicidad entre Klaus y mi padre.

—No lo sé. Estamos esperando a que aceleren los trámites y soliciten por el conducto adecuado al hospital que abra el expediente de Alba. El lunes o el martes, posiblemente.

—Demasiado tarde.

—Marco, no puedo hacer más.

—Es ridículo, papá.

—Lo sé, pero así es la ley…. Y ahora, ¿qué tal si vais a ver a Alba? Seguro que le hará mucha ilusión. Yo me quedo aquí haciendo unas llamadas porque el tema de Ricardo se está complicando, y mucho. Rafaela Sanmartín ha puesto una denuncia y, aunque Ricardo ha declarado que no sabe quién grabó el vídeo y que él solo lo ha subido a Internet, nadie le ha creído. Tu amigo te ha protegido, pero estoy seguro de que tarde o temprano la policía y la Fiscalía de menores te llamará y tendrás que dar explicaciones. Además, tal como he hablado con el padre de Ricardo, tienes que considerar si aportas el vídeo en el que se ve a esos chicos pegando a tu amigo. Si lo haces te implicarás también en la grabación de Rafaela, supongo que lo sabes…

Moví la cabeza de abajo arriba varias veces. Al final, todo se resumía en una cosa: si ayudaba a Ricardo acabaría acusado de filmar ilegalmente a Rafaela, y si lo ocultaba, los tres del Íñiguez irían a por él y vete a saber qué barbaridad podían hacer. Mi padre volvió a la carga:

—Una última cosa, Marco, y me gustaría no tener que repetírtela nunca más en tu vida: soy tu padre, no tu amigo. Háblame con respeto y no vuelvas a escaparte. He pasado el peor día de mi vida. No es justo que me mate por ti y me lo pagues de esta forma.

Callé. El gesto de su cara y la vena de su sien me indicaban que aún no había acabado de hablar.

—Puedes estar enfadado conmigo y culparme si quieres de no poder ayudar a tu amiga, pero seguiré poniendo las reglas y protegiéndote, incluso de ti mismo, porque eres lo más importante que tengo y te quiero. Y ahora iros a ver a Alba y luego os marcháis directamente a casa, ¿de acuerdo? Por cierto —añadió tendiendo las manos con las palmas hacia arriba—, vuestros móviles. Es vuestro primer castigo. Bibi os hablará más tarde de todos los privilegios que habéis perdido.

20:00

La habitación era pequeña y tenía dos camas, pero Alba estaba sola. Al parecer, mi padre había hecho gestiones con el padre Eustaquio, el cura del Hospital Clínico, para conseguir que mi amiga tuviese una habitación para ella sola. Aquel cura era todo un personaje en el centro médico. Llevaba más de cuarenta años trabajando allí, dando extremaunciones y ayudando a las familias a sobrellevar las muertes de sus seres queridos. Mi padre lo había conocido hacía años, cuando el padre Eustaquio acudió a él para que le ayudase a demostrar que unos padres maltrataban a un niño que cada dos o tres meses era hospitalizado con alguna fractura. Mi padre investigó a aquella familia y los pudo fotografiar mientras le daban a su hijo unos golpes tremendos a la salida de un centro comercial. Desde entonces, siempre que mi padre necesitaba algo del Hospital Clínico, el padre Eustaquio le ayudaba.

Observé a Alba detenidamente. Yacía de costado en la camilla, doblada sobre sí misma y tapada con una sábana fina. Tenía los ojos cerrados y parecía dormida. Su piel estaba blanca y tenía un gotero que le suministraba los medicamentos directamente en la vena de la mano derecha. La almohada estaba llena de pelos, supongo que de la radioterapia. La imagen me resultó tan tremenda que me entraron ganas de llorar, pero me reprimí por si despertaba.

—Parece dormida —dijo Klaus—. ¿Y Andrea, dónde está?

Me llevé el dedo índice a los labios, pero Alba ya se estaba despertando.

—Hola, chicos —dijo con una voz tenue.

—Hola —contesté.

—Andrea se ha ido hace un rato —dijo—. ¿No me dais un beso?

Klaus fue el primero que se acercó y la besó, un poco decepcionado por no encontrar a su chica, luego lo hizo Mireia y finalmente yo. Apoyé mi mano en el colchón, que se hundió bajo mi peso. Luego estiré el cuello y rocé con mis labios, secos por la tensión, su mejilla, con cuidado de no hacerle daño.

—Eh, que aún no estoy muerta —me dijo y sonrió.

Me pregunté cómo podía tener ganas de bromear con todo aquello.

—Creo que habéis estado muy ocupados intentando ayudarme, ¿verdad? ¿Qué habéis averiguado?

Klaus abrió la boca para hablar el primero. De vez en cuando, en el complicado mundo de los hermanos de distintos padres, es fundamental ceder el protagonismo, por eso permití que mi egocéntrico hermanastro tomase la iniciativa. Me pareció divertido cómo explicó nuestra huida del colegio y la escena con el padre Anselmo en la que Mireia se había hecho pasar por ella. Su hermana le interrumpió en varias ocasiones para añadir alguna anécdota o corregir algo con lo que no estaba de acuerdo. Los dos hablaban de forma atropellada y se interrumpían mutuamente. Yo preferí permanecer callado observándolos a todos, especialmente a Alba.

—¿Quieres ver cómo eras el día que naciste? —preguntó Klaus, orgulloso de la prueba que había obtenido.

Mi padre se había llevado el expediente de Villa Isabelita, pero evidentemente yo lo había escaneado antes y lo tenía en la nube. Así que cogí el móvil de Alba de la mesita auxiliar, me conecté a Google e introduje mis claves de acceso. Luego se lo tendí y la miré. Había recuperado el color de la cara. Me pareció un ángel.

—El cura ha dudado cuando ha visto la foto que yo fuese realmente tú, yo tan rubia y tú tan morena.

Rieron. Luego Alba me miró y le sonreí.

—Eres mi mejor amigo, Marco, es increíble lo que has hecho por mí.

Hubiera preferido un «eres mi héroe, me gustas mucho», pero dadas las circunstancias aquello me pareció suficiente. Deseaba ser algo más que su amigo, pero en aquel momento lo importante era que se curase.

Alba buscó con la mano izquierda el mando de la cama y la levantó. Incorporada, pude ver en sus ojos azules el dolor.

—Por cierto, Klaus, Andrea ha dejado esto para ti —dijo tendiéndole un sobre cerrado.

Mireia entornó los ojos sin entender qué relación podía tener su hermano con esa chica. Pero no tuvo tiempo de preguntarle nada, ya que Alba los miró y les dijo:

—¿Nos podéis dejar un rato a solas?

Los acompañé a la puerta y les dije que se fueran a casa, que yo iría enseguida. Klaus no se quería marchar sin mí, porque sabía que si aparecían ellos dos solos por casa la bronca de Bibi sería aún peor. Mireia, sin embargo, se alegró de dejarnos solos, pues intuía que Alba quería decirme algo importante. Y aunque siempre me estaba recordando que ella se aprovechaba de mí y era una egoísta, entendía que yo necesitaba aquella conversación. Debe de ser, como todo el mundo dice, que las chicas maduran antes que los chicos.

Antes de despedirlos, le dije a Klaus que al llegar a casa probara a llamar a Irina, la amable empleada del Colegio de Notarios, a ver si tenía alguna noticia sobre el nombre de la madre de Alba o, al menos, sobre los testigos de la adopción.

En cuanto nos quedamos a solas, Alba me hizo un gesto con la mano para que me acercase a su cama. Me sonrojé mientras me acercaba a ella. Nos separaban menos de cinco pasos. Llevaba tiempo pensando cómo sería. Lo había imaginado decenas de veces. Pero cuando acerqué mis labios a los de ella y abrí los ojos me di cuenta de que no era como había soñado. Aquello no había sido un beso de verdad, nuestros labios simplemente se habían rozado. Alba no era capaz de besarme con amor.

—Gracias por ayudarme, eres un buen amigo —dijo, simplemente.

La abracé, aunque en mi interior lloré porque la chica a la que tanto deseaba y por lo que tantas cosas había hecho me seguía viendo solo como a un amigo. Ella forzó una sonrisa y añadió:

—Y perdona por no haberte dado un beso de verdad, pero no me encuentro bien. Creo que ya nadie me puede ayudar, ni tú ni Xavi ni nadie.

«Ni tú ni Xavi ni nadie». Vaya, seguía pensando en él a pesar de todo, a pesar incluso de saber que la había acosado por el Whatsapp y había intentado ligar con Julia. Yo solo era un recurso, como cuando la ayudaba con los exámenes. Sentía una mezcla horrorosa de rabia y tristeza. Aun así, me quedé junto a ella en la habitación en silencio mientras se dormía de nuevo.

A veces me pregunto por qué no me marché a casa y me di por vencido. Supongo que el amor tiene esas cosas: cuando quieres a alguien, lo quieres a pesar de todo. En fin, el caso es que cuanto noté que la respiración de Alba era pesada y había caído en un sueño profundo, decidí poner en marcha el plan H. O sea, el plan Hacker. Me acerqué a la mesita auxiliar, cogí su teléfono móvil y salí de la habitación de puntillas para no hacer ruido.

20:30

Solo me quedaba una salida: atacar el sistema informático. No podía hacerlo sin mi móvil y sin acceso a Internet, pero se me había ocurrido una idea. Junto a la puerta del Archivo, donde el hípster Antonio nos había delatado a mi padre, había visto otra que indicaba: «*Servidores generales. No entrar. Acceso solo permitido al personal autorizado*». Caminé hacia allí vigilando a mi alrededor. Por suerte, a aquellas horas apenas había gente en los pasillos. Las visitas se habían ido y apenas quedaban enfermeras. Temía cruzarme con mi padre o con los padres de Alba, que debían de estar a punto de llegar.

Me acerqué a la puerta y examiné la cerradura con detenimiento. Sonreí al comprobar que tenía un sistema de apertura mediante una tarjeta que actuaba como el mando a distancia de los coches. De haber tenido mi ordenador portátil me habría resultado muy sencillo abrirla, pero como no lo tenía busqué una alternativa. Necesitaba saber la IP del sistema informático del hospital. Me acerqué al mostrador de enfermería y, aprovechando que estaban sirviendo las cenas en las habitaciones, me senté ante un ordenador. Iba a teclear a toda velocidad, pero no hizo falta: la encontré apuntada en un *post it* pegado en un monitor. ¡Bingo! Después volví al pasillo y descargué la aplicación Caribou de la Internet oculta con el móvil de Alba. La pantalla de inicio me solicitó la IP del sistema. La introduje y la aplicación empezó un ataque de fuerza bruta. Abrió la puerta en menos de treinta segundos.

Una vez dentro, solo necesitaba usar una llave USB. Me abrí la camiseta y saqué la cruz que llevaba al cuello, que en realidad ocultaba un USBdriveby (ya os he dicho que no soy muy creyente): se trata de un pequeño dispositivo basado en un microcontrolador que permite infectar cualquier ordenador a través de un puerto USB. Y eso es lo que hice en la consola del servidor central del Hospital Clínico.

21:00

La primera parte del plan H ya estaba en marcha, pero faltaba la segunda. Y para esa necesitaba mi ordenador. Así que devolví con cuidado el móvil a la mesita de la habitación de Alba y salí del hospital en dirección a mi casa. En cuanto llegase me conectaría a través de mi ordenador con el servidor del hospital y en pocos minutos sabría el nombre de la madre de Alba.

Recorrí los dos kilómetros que me separaban de mi casa en apenas ocho minutos y llegué empapado en sudor. Llevaba todo el día corriendo de una punta a otra de la ciudad y olía a demonios fritos, pero no era el momento de pensar en una ducha. Abrí la puerta con cuidado para que nadie me oyera y me fui directo a mi habitación. Me quité la sudadera y la tiré al suelo con premura. Ahora solo necesitaba mi ordenador. El problema es que no estaba en su sitio, ni tampoco el del colegio. El de sobremesa y la Playstation 4 también habían desaparecido.

«¡Mierda, mierda, mierda!», masculló al borde de la desesperación. Me senté en la cama y me llevé las manos a la cabeza. Mi padre estaba tomando muchas precauciones para evitar que siguiese con mis investigaciones… Me quedé bloqueado, no sabía qué hacer. Pensé en usar el portátil de Bibi, pero seguro que mi padre ya lo había previsto.

Como mi olor corporal empezaba a molestarme incluso a mí, decidí darme una ducha para ver si se me aclaraban las ideas. Me quité los vaqueros y me sentí por un momento vencido. Pero cuando iba a salir de la habitación camino del baño, se me ocurrió otra idea.

En calzoncillos, me dirigí al armario donde guardaba mi ropa. Aparté los zapatos de un golpe y al fondo encontré lo que buscaba: ¡mi antigua PlayStation 3! ¡Ja! Mi padre no había caído en eso. Marco uno, Néstor cero. Ahora solo necesitaba convertir mi antigua Play en un ordenador. Para eso, como no podía ejecutar Microsoft Windows, creé una partición del disco y cargué una variante del sistema Linux.

Tardé casi cuarenta minutos en tener a punto mi nuevo ordenador. Cuando lo conecté por Internet a la IP que había dejado abierta en el servidor del hospital me sentí invencible.

Accedí al sistema. En mi pantalla apareció el escritorio de un ordenador, seguramente el del jefe del Departamento de Informática o el del responsable de los servidores. Era como si estuviese allí mismo. Trasteé durante unos segundos, pero enseguida apareció ante mí un mensaje:

```
«Hola Marco. Sabíamos que ibas a entrar en
nuestro sistema informático. Te ruego que no
continúes adentrándote en la red del hospital.
Acabo de avisar a tu padre. Gracias.»
```

«¡Mierda, mierda y más mierda!», exclamé. Me llevé las manos a la cara y un minuto después de sentirme un héroe me sentí un inútil. Había vuelto a desobedecer a mi padre y sabía que me iba a caer la del pulpo. Me levanté para hacer desaparecer las huellas del delito, pero cuando estaba desenchufando la Play mi padre entró sin avisar. Me encontró en gayumbos y con la Play en las manos. O sea, con las manos en la masa, como se suele decir.

—Creo que no has entendido nada de todo lo que te he dicho. ¡Guarda ahora mismo esa consola!

Asentí y enterré en el armario mi última posibilidad de ayudar a Alba. Luego me giré y lo miré desafiante, pero el hecho de ir en calzoncillos no debía darme un aire demasiado digno.

—Gracias a Dios, el hospital estaba informado de todo y han protegido su sistema para que no pudieses acceder a nada. Te han tendido una trampa y tú has picado.

Callé.

Mi padre se acercó. Hizo un gesto raro con la nariz.

—Marco, en esta vida a veces no podemos hacer nada para ayudar a la gente que queremos. Por un lado, te entiendo y estoy orgulloso de que seas tan generoso. Pero por otro estoy muy enfadado. Te has jugado tu futuro por no escucharme y ahora puedes acabar teniendo graves problemas judiciales y policiales.

Le miré, ahora con temor.

—Sí, hijo, sí. Graves problemas. Mañana tenemos que ir a la Fiscalía porque te van a acusar no solo de grabar y filtrar el vídeo de Rafaela Sanmartín, sino también de robar exámenes del colegio.

—Yo no he sido.

—Te creo, pero nos tendremos que defender. El fiscal está decidido a procesarte. Te sugiero que reflexiones sobre todo lo que has hecho hoy antes de dormir. Y sobre lo que dirás mañana.

Después se giró y se encaminó a la puerta, pero antes de cerrarla añadió:

—Ah, y dúchate, que hueles a perro muerto.

Me pasé la siguiente media hora bajo el agua tibia de la ducha repasando todo lo que había sucedido aquel día. En realidad, solo me arrepentía de una cosa: de haber dejado que Klaus y Mireia se implicaran tanto. Es verdad que formábamos un equipo, pero los había empujado a cometer una serie de imprudencias que estaba seguro de que Bibi no me perdonaría. De hecho, temía mi reencuentro con ella, pues según mi padre había pasado de estar muy preocupada a estar muy cabreada. Al final del día había castigado a Klaus y a Mireia sin teléfono, sin televisión, sin paga y sin salidas al cine. Estaban cada uno en su habitación, encerrados y prácticamente incomunicados, como si estuvieran en prisión. Eso me impedía preguntar a Klaus si había podido hablar con Irina, la empleada del Colegio de Notarios. Deduje que no, pues de lo contrario mi padre estaría informado de los progresos y me habría dicho algo. Además, seguro que nada más llegar a casa Bibi los había abroncado y los había enviado directamente a su habitación, sin derecho a réplica ni a llamadas de ningún tipo.

—Mañana te toca a ti enfrentarte a ella —me había dicho mi padre un rato antes—. Te recomiendo que la escuches calladito y sin protestar, porque Bibi puede ser muy buena persona, pero si pones en peligro a sus hijos actúa como una leona. ¿Me has entendido bien?

Cuando volví a mi habitación me llevé una sorpresa. Klaus salió de detrás de mi cama de un salto y me dio un susto de muerte.

—Shhhhh, soy yo —dijo Klaus.

—¡Qué coño quieres! —exclamé—. Si tu madre te pilla te mata, joder.

—Lo sé. Pero he estado con Andrea y necesito explicárselo a alguien.

Se sentó a los pies de la cama y me miró con una sonrisa tontorrona en los labios. Parecía feliz. Luego dio un par de saltos y apoyó la espalda en la pared.

—¿Cómo lo has hecho?

—Tu padre se encerró con mi madre en la habitación, imagino que para hablar sobre nuestros castigos. Y aproveché para marcharme.

—No tienes móvil.

—Ya. La nota de Andrea decía que si quería verla estaría en el parque a las once.

—¿Y?

—Genial. ¡Le gusto!

—Bien por ti.

—Tenías razón. En cuanto le he dicho que me gustaba todo ha cambiado entre los dos. Nos hemos dado la mano, hemos hablado de muchas cosas y, al final, nos hemos dado un beso.

—Me alegro.

Asintió y luego estiró los brazos hacia el techo y suspiró dejando los ojos en blanco.

—Ha sido genial. ¡Mi primer beso, tío!

—Baja la voz joder, que nos van a oír.

Se rio sin apenas hacer ruido pero gesticulando como un loco. Me alegré por él. Al fin uno de los dos sabía lo que era el amor… Para evitar pensar en Alba, empecé a rumiar en mi problema con la Fiscalía. Si quería salir de aquel embrollo necesitaba descubrir quién había robado los exámenes, por eso le dije:

—Oye, se me ha ocurrido una idea, vete a tu habitación y seguimos hablando mañana.

—Vale —susurró—. Por cierto, Andrea y Alba estuvieron hablando de ti.

Me quedé quieto como una estatua.

—Parece que le gustas a Alba…

—¿Y entonces por qué salía con el subnormal ese de Xavier Miralpei?

—Según me ha dicho Andrea, tú siempre has sido el ideal que tenían los padres de Alba como novio. Y ya sabes que ella no se lleva muy bien con sus padres. Parece que Xavi es todo lo que detestan para su hija y ella lo utilizó para castigarles…

—¿Lo dices en serio?

—Yo qué sé, macho. Nunca entenderé a las tías. Bueno, me voy a mi habitación antes de que nos liguen aquí. Buenas noches.

A solas, tumbado sobre la cama, pensé en Ricardo y decidí que asumiría la responsabilidad, pues la idea había sido mía y él bastante pollo tenía con los del Íñiguez. También le di vueltas al robo de los exámenes y a la actitud sospechosa de las pijas malvadas. Un nombre acudió entonces a mi cabeza: Deadpool. Sospechaba quién podía estar detrás, pero necesitaba confirmarlo. Volví a sacar la Play 3, apagué las luces y bajé la intensidad del monitor al mínimo para que evitar el resplandor. Hasta las cuatro de la madrugada no averigüé la verdadera identidad de Deadpool. Solo entonces, cuando tuve claro lo que haría al día siguiente nada más levantarme, cerré los ojos y dormí profundamente.

Sábado

8:15

Me levanté como un zombi para desayunar. Había dormido solo cuatro horas, después del día más intenso de mi vida. Lo primero que pensé, a pesar de todo, fue en cómo estaría Alba y en llamarla, pero era muy temprano y tal vez estaría durmiendo. Me tomé un café con leche en la cocina, pero solo logré despejarme cuando, al cabo de un rato, apareció Bibi en el quicio de la puerta con las manos en las caderas. Era la clásica pose de «abre bien los oídos que te voy a decir algo importante». Solo faltaban un par de horas para mi reunión en la Fiscalía y cuatro para el partido de baloncesto más importante de la temporada, precisamente contra los macarras del Íñiguez, y yo no estaba para discursos. Aun así, hice caso a mi padre y callé hasta que ella empezó a hablar.

—Te quiero como a un hijo, Marco, pero te aseguro que si algún día te vuelves a poner en peligro o pones en peligro a Klaus y Mireia, sabrás lo que es tener una madrastra. Me has entendido, ¿verdad?

Me limité a asentir.

—Espero que salgas victorioso de todo esto, pero si al final resulta que has sido tú quien ha robado los exámenes de la red interna del profesorado, el castigo será tan bestia que no lo olvidarás en toda tu vida.

—Bibi, te aseguro que yo no he robado nada, y lo demostraré.

—¡Cállate! Eso ya se lo explicarás al fiscal. Y lo del vídeo también. Ahora ve a tu habitación y no salgas de allí hasta que tu padre vaya a buscarte para ir a la Fiscalía.

Me dio la espalda y salió de la cocina sin preguntarme nada ni darme la oportunidad de replicar. Pero mejor así. Acababa de recordar mis planes para esa mañana.

Desobedecer.

Salí de casa procurando que la suela de las zapatillas de baloncesto no hiciera ruido al rozar el parquet. Me había vestido ya con el uniforme del equipo, incluyendo la parte superior del chándal, para moverme con más sigilo.

Una vez en la calle caminé varias travesías en dirección mar hasta llegar a la calle Provença, donde vivía Julia. Por el camino me sorprendí recordando que antes de convertirse en una pija malvada habíamos sido buenos amigos durante un tiempo. Incluso habíamos compartido confidencias. Una tarde me insinuó que le gustaría salir conmigo, pero le confesé que me gustaba Alba. Despues de eso, poco a poco fuimos distanciándonos. Y luego ella empezó a cambiar, a hablar todo el rato con palabras que acababan en «i» y a vestir como una chica mayor de lo que era. Se alisó el pelo y se lo tiñó de un rubio casi blanco, y empezó a usar lentillas de colores. Era lo más parecido a una imagen de sí misma falseada con Photoshop. También empezó a ir con chicos tres o cuatro años mayores que ella y a meterse en problemas. Cuando le ofreció a Ricardo comprar un examen no me sorprendí.

La puerta de la calle estaba abierta. Para no esperar el ascensor, subí los tres pisos de la finca del Ensanche (era un primero, pero con entresuelo y principal) saltando los escalones de tres en tres, y al llegar a su puerta pulsé el timbre con insistencia. Salió vestida con mallas, como si acabara de hacer deporte.

—Uff, me da una pereza máxima hablar contigo —fue su modo de saludarme—. ¿Sabes contar?

—¿Qué pregunta es esa? —contesté—. Claro que sé contar.

—Pues no cuentes conmigo para nada, chico.

Fue a cerrarme la puerta en las narices, pero puse el pie en el quicio para evitarlo.

—¿Puedo pasar? Creo que tenemos que hablar de los exámenes robados que vas ofreciendo por ahí…

—Puta vida… Ojalá estuviesen aquí Claudia y Marcia, porque solo de pensar que tengo que estar contigo a solas ya me estoy agobiando. Anda, pasa.

—Gracias.

No sé por qué me imaginaba su casa más ordenada y cuidada. Se notaba que hacía mucho que nadie limpiaba ni ordenaba allí. Julia apartó un montón de ropa que había sobre el sofá y se sentó.

—Tú dirás, Marco, pero rapidito, que tengo *lots of* cosas que hacer y más tarde he quedado con mi novio. ¿Te he hablado de él? Es genial y muy guapo. No como otros… Por cierto, estudia en el Íñiguez y por allí corren rumores muy feítos sobre tu amiguito Ricardo.

Pasé por alto la puya y me fijé en ella. Tenía los ojos hinchados y parecía que había estado llorando. Recordaba, de cuando éramos amigos, sus estados de ánimo cambiantes y sus rabiertas y lloriqueos cuando algo no salía como ella deseaba. Estaba acostumbrada a conseguir todo lo que quería, incluso a costa de falsear su imagen y su vida. Extendí el brazo y aparté un montón de camisetas arrugadas para sentarme frente a ella.

—Necesito tu ayuda —le dije.

—¿Para qué, chico? Si ni me miras en clase. Solo tienes ojitos para «tu» Alba.

—Ya, bueno… No sé si sabes que tiene cáncer. Necesita encontrar a su madre biológica para que le hagan un trasplante de médula.

—¿Y eso qué tiene que ver conmigo?

—En media hora tengo que ir a declarar a la Fiscalía. Quiero que me acompañes y le digas al fiscal quién es Deadpool y que fue él quien robó los exámenes. Así acabaré rápido con este tema y podré seguir buscando a la madre de Alba.

Se puso roja y empezó a mover las manos, de un lado a otro, sin mucho sentido.

—Yo… yo… no sé quién es ese —balbuceó.

—Dejémonos de tonterías, Julia. Deadpool es tu novio.

Se hizo un silencio tenso.

—¿Y tú cómo lo sabes?

—Fui yo quien te dejó la nota en la taquilla diciéndote que quería comprar un examen. Como creí que irías a ver al ladrón para conseguirlo, te hice seguir por mi hermano. Pero te fuiste al centro comercial con tus amigas. Con lo de Alba me olvidé del tema, pero anoche caí en la cuenta de que seguramente habías contactado con él por *e-mail...* Así que hackeé tu ordenador del colegio.

—No puedes demostrarlo —contestó con chulería.

—Sí que puedo. Tengo los correos. Poco después de dejarte la nota en tu taquilla le escribiste un correo a tu novio, o sea, a Deadpool, diciéndole que había alguien interesado en comprar un examen robado.

—Hasta *nunqui*, Marco —dijo mientras se levantaba del sofá y se acercaba a la puerta para echarme—. Mi novio no ha hecho nada ilegal. Y si lo hubiese hecho, jamás lo reconocería. Porque yo, a diferencia de la gentucilla como tú, jamás traiciono a mis amigos. Habrías podido ser mi novio, pero me hiciste una cobra y no lo olvidaré jamás. ¿Ahora quieres que te ayude? ¡Ja! Una puta mierda. Olvídalo. De esta boquita jamás saldrá una palabra contra Deadpool.

Me levanté yo también y me acerqué a ella.

—¿Y si la gente se entera de que tus ojos son falsos, de que debajo de ese maquillaje tienes muchos granos y de que, en realidad, tu madre es empleada de la limpieza y no una alta directiva de un banco?

Ambos nos quedamos callados. No quería llegar a ese punto, pero me lo estaba poniendo difícil. Había visto fotos suyas recién levantada y sin *tunear* y la verdad es que daba miedito.

—De acuerdo, ¿qué tengo que hacer?

9:17

Cuando llegué a mi casa acompañado por Julia, que tardó casi media hora en arreglarse, mi padre ya me esperaba con cara de pocos amigos en la puerta.

—¡¿Dónde estabas?! —me gritó.

—Descubriendo quién robó los exámenes del colegio. Os presento: Néstor, esta es mi compañera Julia. Su novio es Deadpool, el ladrón.

Luego le conté lo que había descubierto y que Julia lo había reconocido. En voz baja, le confié que la había grabado y que ya no podía echarse atrás. Por eso, mi padre sonrió y, simplemente, añadió:

—Bien, pues vamos a ver al fiscal de menores y demostremos tu inocencia.

Julia, mi padre y yo tomamos un taxi hasta la Ciudad de la Justica. Por el camino mi padre habló con la madre de Julia para explicarle lo que había sucedido y pedirle que fuera allí para acompañar a su hija. Al llegar a la plaza España, el conductor aceleró de tal forma que casi tira una moto al suelo. Al final no pasó nada, pero eso me hizo pensar que hay cosas que nunca deberían ocurrir y, sin embargo, ocurren, como el cáncer de Alba.

—Tranquilo, todo saldrá bien —me dijo mi padre—. De una forma u otra convenceremos al fiscal.

Asentí. Sabía que iba a ser complicado salir impune de todo lo que había hecho, pero estaba tranquilo, pues había actuado para ayudar a mis amigos y estaba dispuesto a aceptar las consecuencias.

Bajamos del taxi y nos encontramos con Ricardo y su

padre. Los dos tenían el mismo cuerpo atlético, aunque al señor Ribaud se le notaban los cincuenta en el pelo, totalmente blanco. Estaba muy moreno, llevaba un traje de aspecto caro y un reloj de oro. Abracé a Ricardo, que iba con el uniforme de baloncesto, como yo, y caminamos todos hacia la puerta de la Ciudad de la Justicia. El edificio era inmenso. Ricardo dijo que parecía un cementerio gigante. Pensé que tenía razón: los edificios estaban divididos en rectángulos que parecían nichos.

Después de cruzar el control de seguridad nos dirigimos al bar de la planta baja, donde el padre de Ricardo nos aleccionó. Ninguno de los dos podía hablar de venganza, según sus instrucciones.

—Si no os salís del guion, en un par de horas estaréis jugando vuestro partido sin problemas —aseguró.

No me lo cuestioné, pues quería acabar rápido con aquello para seguir buscando a la madre de Alba.

Miré alrededor y comprobé que los abogados llevaban una especie de poncho de color negro que les llegaba a los pies. «Se llama toga», me informó mi padre mientras nos agolpábamos los cinco alrededor de una pequeña mesa.

—Antes de ir a Fiscalía —explicó el señor Ribaud—, tenemos que declarar ante los mossos por la paliza que le dieron a Ricardo. He hablado con los mandos y nos permiten declarar aquí. ¿Te parece bien, Néstor?

—A mí sí, pero aquí es Marco el que debe decidir. Él ya sabe que si muestra a la policía el vídeo donde se comprueba que pegaron a Ricardo se implicará en el vídeo de Rafaela, y creo que es una decisión que debe tomar él. Yo ya le he dado mi recomendación, pero estos últimos días me ha demostrado que es lo suficientemente mayor para hacer lo que crea en conciencia. Ayudar a su amigo o ayudarse a sí mismo.

Me sentí orgulloso al escuchar aquello de boca de mi padre. El señor Ribaud, sin embargo, no compartía su opinión:

—Creo que lo importante es que esos tres paguen por la paliza a mi hijo. De hecho, Néstor, ni siquiera entiendo cómo le dejas tomar este tipo de decisiones a Marco. A Ricardo ni siquiera le he dejado opinar.

—Así nos va como padre e hijo —terció Ricardo—. Yo también creo que debe ser Marco quien tome la decisión sobre lo que hacer con la grabación.

—Y yo —dijo Julia, que de pronto empezó a parecerse otra vez a la chica que había sido mi amiga unos meses atrás.

Todos se me quedaron mirando con expectación. Yo tenía claro desde el día anterior lo que iba a hacer:

—Defenderé a mi amigo, pase lo que pase. Creo que los tres chulos del Instituto Íñiguez tienen que pagar por lo que le han hecho a Ricardo. Si no, jamás nos los sacaremos de encima.

—Bien dicho, chico —apuntilló el señor Ribaud, que pareció aliviado al oír mi respuesta.

Tomamos el ascensor y justo cuando paramos en la planta tercera mi padre recibió una llamada de su despacho. Escuchó durante medio minuto y colgó.

—Era Laura —dijo—. Está en contacto permanente

con el Departamento de Adopciones de la Generalitat. Han accedido a darnos el nombre de la madre de Alba. Seguramente nos lo dirán dentro de un rato.

9:30

No tuve tiempo apenas de alegrarme por la noticia, ya que enseguida entramos en la comisaría. Dos mossos uniformados, que custodiaban la puerta con cara de pocos amigos, se llevaron el dorso de la mano a la frente:

—Buenos días, ¿qué necesitan?

—Tenemos una cita con el caporal —dijo mi padre con aplomo, refiriéndose al jefe que estaba llevando la investigación del ataque a Ricardo—. Me llamo Néstor Sanchís y este es mi hijo Marco. Nos está esperando.

—Pasen.

Cruzamos la puerta y nos encontramos ante una sala fría llena de sillas de plástico. Nos sentamos los cinco y mi padre le explicó a Julia, que hasta ese momento apenas había abierto la boca, que debía esperarnos allí. Luego miró su reloj:

—Esto no creo que dure más de veinte o veinticinco minutos. Luego tomaremos el ascensor hasta la Fiscalía de Menores, que está en este mismo edificio. Ahora quédate aquí, con Ricardo y su padre, mientras Marco y yo entramos a hablar con la policía.

En ese momento apareció otro mosso y nos pidió que le siguiésemos hasta un despacho. Caminé tras él cabizbajo y atemorizado. Abrió la puerta y entramos. Los muebles eran antiguos y el ordenador prehistórico. Se sentó y tecleó algo.

—A ver, Marco, parece que tienes una prueba que podría ayudarnos a demostrar que tres jóvenes le dieron una paliza a tu amigo Ricardo. Ten en cuenta que ellos dicen que no fueron a Gracia y que estuvieron toda la tarde con sus familias, que han confirmado su versión. ¿Entiendes lo que digo?

—Sí, claro —afirmé rotundo—. Y todo lo que han dicho es una mentira, porque yo los vi. Estaban en nuestro barrio y vi cómo pegaban a Ricardo.

El policía volvió a escribir. Pensé que era un milagro que las teclas funcionaran, porque estaban tan usadas que algunas letras ni se veían. Luego alzó de nuevo la mirada hacia mí.

—Tu padre nos ha dicho que los tienes grabados. ¿Es eso cierto?

—Sí.

—¿Y por qué tienes ese vídeo?

Le expliqué mi aventura tras quitarle el boli-cámara a mi padre. Le hablé, con más miedo que satisfacción, de la filmación de la paliza y del vídeo que había grabado previamente a Rafaela.

—Sí, ya sabía algo de eso. Pero, si te parece bien, pondremos que tienes el vídeo y ya está, ¿de acuerdo? No creo que haga falta que un chico tan valiente y que ha demostrado ser tan fiel a sus amigos necesite que eso le genere más problemas de la cuenta.

Guiñó un ojo a mi padre y yo balbuceé un «gracias» tímido y sorprendido. Luego completamos la declaración, en la que, como era menor de edad, mi padre tuvo que poner su firma junto a la mía para certificar que estaba de acuerdo con lo que yo había manifestado.

¡Primer escollo superado! Ahora quedaba el más difícil.

9:55

—¿Todo bien? —preguntó el señor Ribaud en cuanto nos vio salir.

—Sí —contestó mi padre—. Ya está. Van a ir a buscarlos de nuevo para detenerlos.

—Bien. Ahora nos toca lo más complicado: la Fiscalía de Menores. A Marco lo van a acusar de descubrimiento ilegal de secretos por haber realizado un vídeo de la profesora Sanmartín y a Ricardo de revelación de secretos por haberlo subido a Youtube. Además, le acusarán de acceso ilegal a los ordenadores del colegio para robar exámenes y venderlos. ¿Tenemos claro lo que vamos a contar ahí dentro? —preguntó mientras nos observaba. Ambos asentimos, pero no fue suficiente para él, así que añadió—: Vamos a repasarlo.

Luego hizo un resumen de lo que teníamos que decir. Nos explicó que el Fiscal de Menores nos iba a interrogar y cómo teníamos que contestar. El propio señor Ribaud iba a ser nuestro abogado y mi padre podría estar durante la declaración al ser yo menor de edad. Cuando acabó se dirigió a Julia:

—Tus padres están a punto de llegar para tu declaración. Serás la última en ser interrogada. Si dices la verdad, yo llevaré la defensa de tu novio de forma gratuita cuando le acusen. ¿Te parece bien?

Julia asintió. Me acerqué a su oído y le dije:

—Eres una buena tía. Gracias por ayudarme a salir de esta.

Volvió a asentir.

—Vamos allá —dijo el señor Ribaud.

Cuando llegamos a la octava planta estaba sudando de miedo. Esperamos en una sala y poco después de las diez entramos en un despacho muy grande con grandes ventanales, en el que nos esperaba un fiscal malcarado que al vernos entrar se sacó las gafas para mirarme con unos ojos verdes que daban pavor.

Durante los siguientes treinta minutos, el fiscal se explayó diciendo de mí que era un rebelde y un maleducado, que merecía un castigo ejemplar y no sé cuántas cosas más. Lo escuché con la cabeza gacha y aguantándome para no responder a sus descalificaciones. Mi peor castigo fue tener que escuchar todo aquello sin poder siquiera replicar. En algún momento el fiscal me recordó a la propia Rafaela, así que no pude evitar la sospecha de que se conocían. También me pregunté por qué no estaba la profesora Sanmartín allí acusada de insultar a sus alumnos, cosa que el vídeo demostraba claramente. De pronto, un grito a mi lado me sacó de mis pensamientos.

—¡Empiezo a estar hasta las narices de tantas tonterías! Mi hijo no ha cometido ningún delito al grabar en un espacio público a la profesora Sanmartín, por mucho que usted se empeñe. La mañana de esa grabación, además, era jornada de puertas abiertas en el centro.

Sacó un papel de su maletín y se lo tendió al fiscal. Luego supe que era un certificado del director del instituto donde se indicaba que el día anterior era «jornada de puertas abiertas» para que los padres que quisiesen escolarizar allí a sus hijos pudiesen ver las instalaciones del centro.

El fiscal, que se había puesto las gafas para leerlo, se las volvió a quitar justo en el momento que el padre de Ricardo habló:

—Los delitos de revelación de secreto solo se cometen si existe algún secreto que guardar. Y tal como establece el certificado que ha aportado el señor Sanchís, el centro escolar ese día era un sitio público para todos los ciudadanos y, por ende, no había nada que ocultar. En suma, que si no existe secreto no existe delito.

El fiscal respiró hondo y miró a nuestros padres.

—Por favor, calmémonos —atinó a decir.

La vena hinchada en la sien de mi padre me dio a entender que aquello no acabaría allí.

—No, yo ya he dejado de estar calmado y ahora va usted a escucharme. Tenemos a un chico de catorce años que jamás ha dado problemas y a quien todos los profesores quieren salvo esa buena mujer, que no hace más que insultar a menores de edad. Si tiene un problema, que vaya al psicólogo. Pero mi hijo tiene un partido de baloncesto en una hora y no tiene por qué estar aquí mucho más tiempo. Por otro lado, esta misma tarde nuestro abogado presentará una denuncia contra ella por injurias…

—¿Injurias? —preguntó el fiscal.

Mi padre lo fulminó con la mirada. Era el Néstor Sanchís profesional que tanto atemorizaba a algunos y que yo no conocía.

—Sí, señor fiscal. Insultar en este país está penado y esta buena señora lo ha hecho. El vídeo grabado por mi hijo lo demuestra claramente. Seguramente no ha hecho bien grabando a su profesora y subiéndolo a las redes sociales. Pero no ha cometido ningún delito. El único culpable aquí soy yo por no haber confiado en él.

Estaba orgulloso de mi padre y de mí mismo. Al final había conseguido demostrar que Rafaela Sanmartín nos insultaba o, como había dicho mi padre, nos «injuriaba». Sabía también que, aunque me estaba defendiendo públicamente, en algún momento nos esperaba una charla en privado donde no sería tan condescendiente conmigo. Ya podía ir olvidándome de muchas cosas, porque le había mentido, había cogido su material sin permiso y me había metido en un lío de los grandes. En pocas palabras: la había cagado bien.

—Veréis, yo os agradecería que la denuncia contra la profesora Sanmartín no se llevase a cabo —escuché que decía el fiscal, lo que confirmaba mis sospechas de que entre ellos había algún tipo de vínculo.

—Muy bien. Evitaremos la denuncia penal, pero no la queja al centro escolar. Y espero que la señora Sanmartín acepte una jubilación anticipada, porque así no se puede tratar a unos menores. Y si no llegamos a un acuerdo, le puedo asegurar que el vídeo completo hará furor en los telediarios del país.

«¡Zasca!», me dije. «Ese es mi padre. Sí, señor.» Después

de todo, aquello no iba a acabar tan mal como yo creía. Había conseguido que mi primera prueba de verdad como detective privado demostrase quién había apaleado a mi mejor amigo y que mi profesora dejase de una vez de meterse con todos nosotros. «¡Mi primera prueba de verdad!», pensé. «Y mi primer caso importante.»

—Bien, entonces nos vamos —dijo el señor Ribaud—, que estos chicos tienen un partido importante dentro de un momento.

—No tan deprisa —le interrumpió el fiscal con una nueva sonrisa en los labios—. Aún tenemos que hablar del robo de un examen.

—Ahí fuera —intervino de nuevo mi padre— encontrará una chica con sus padres. Su novio fue quien los robó y está dispuesta a prestar declaración voluntaria. Mi hijo lo único que ha robado es una cámara a su padre, pero eso ya es un problema familiar que resolveremos en la intimidad de nuestra casa. El nombre del culpable de robar exámenes se lo dirán en unos minutos porque nosotros nos vamos a un partido de baloncesto.

Nos levantamos los cuatro.

—Ah, y por cierto, si esa chica se niega a decir la verdad mi hijo tiene la prueba que la demuestra. Esta mañana se ha reunido con ella y la ha grabado confirmando que ha sido su novio quien ha robado el examen. Se hace llamar Deadpool, para más señas. Y como usted sabe, esa grabación es tan legal como el vídeo de Rafaela Sanmartín.

Nos hizo un gesto tan enérgico como su discurso y salimos de la sala detrás de él, eufóricos como si ya hubiéramos ganado el campeonato.

11:00

Cuando salimos de la Ciudad de la Justicia nos abrazamos todos en la misma puerta, pero enseguida Ricardo nos recordó que teníamos un partido a las doce y llegábamos tarde al calentamiento. Entonces se dirigió a su padre:

—Papa, me haría mucha ilusión que me acompañaras y te quedaras a verme jugar.

—Claro, hijo. En estos últimos tiempos no he estado muy pendiente de ti, pero eso va a cambiar. Ahora mismo te llevo y me quedo a animarte.

Se dieron otro abrazo y nos citamos en la pista. Luego me giré y la luz del sol me deslumbró, pero pude ver entre sombras a Bibi y a Klaus, que se acercaban corriendo.

—¡Libre! —dije al verlos.

Bibi asintió y miró a mi padre, que ya estaba hablando por teléfono. Luego me miró con una gran sonrisa.

—Klaus tiene buenas noticias.

—Sí, acabo de hablar con Irina, la empleada del Colegio de Notarios. Ya sé el nombre de la madre de Alba —dijo mi hermano.

—¡¿En serio?!

¡Sí, lo habíamos conseguido! Me abracé a él y en ese momento vi de reojo que mi padre colgaba.

—Chicos, me acaban de llamar del Departamento de Adopciones de la Generalitat. Han autorizado al Hospital Clínico a facilitar el nombre de la madre de Alba. Se llama…

—Ya lo sé, papá, María Pérez Arroyo, ¿verdad?

—¿Pero cómo…?

—Klaus ha llamado a la empleada del Colegio de Notarios y nos lo ha dicho. Parece que anoche habló con la secretaria del notario que ha heredado los protocolos y le debía un favor. Y nos ha conseguido el nombre. Lo habríamos podido saber ayer, pero Klaus no pudo llamarla, estaba castigado.

Por un momento me sentí exhausto. No sabía si reír o llorar. De haber podido me habría echado a dormir, que es lo que hacía siempre después de un examen importante. Pero no podía. Me estaban esperando para jugar un partido de baloncesto, uno de los últimos de la temporada, el que decidiría si entrábamos en las finales escolares o no. No podía fallar a mi equipo, pero también tenía ganas de darle la noticia a Alba, de decirle que ya sabíamos cómo se llamaba su madre y que todo se iba a arreglar.

—Tú ve al partido y yo me ocuparé de encontrar a la madre de Alba —dijo mi padre.

—Ni de coña. Yo me voy a ver a Alba. Me necesita más que el equipo. Y quiero darle la noticia.

—No, aún no, Marco. No sabemos si esa señora vive ni dónde está. A lo mejor reside en el extranjero. No quiero que le des falsas esperanzas.

—Pero, papá, tengo que estar con ella. El partido se puede ir a la mierda.

—Me estoy empezando a cansar de tu falta de respeto.

—Mira papá, sé que te debo respeto, sé que no te gustan las palabrotas, sé que crees que soy un impertinente, y a lo mejor tienes razón, pero no voy a dejar a Alba sola en estos momentos.

Mi padre me miró fijamente y suspiró.

—Mira, vamos a hacer una cosa y no te consiento que protestes más. Ve al partido y que Klaus vaya grabando algunas jugadas con el móvil de Bibi. Y que nos las envíe a Alba y a mí, así podremos verte. Por el camino llamas a Alba para saber cómo está y le explicas que lo harás así. Si esa chica te quiere, seguro que prefiere que juegues ese partido y lo hagas con todas tus fuerzas. Ah, y dile que las investigaciones están yendo por buen camino. ¿De acuerdo?

Resoplé un par de veces, pero finalmente acepté. Era verdad que el partido también era importante y tenía un compromiso con mis compañeros. Aunque en cuanto acabara volvería a ocuparme de Alba.

Después mi padre se marchó y me dejó con Bibi y Klaus. Mi madrastra me dio un beso en la mejilla. Parecía al tanto de todo. Supuse que mi padre le habría enviado un wasap nada más salir de la Fiscalía.

—Bueno, parece que todo se va a solucionar. Vamos a casa a recoger a Mireia, que no se quiere perder el partido. Y luego al pabellón. Dejemos que tu padre averigüe dónde vive la madre de Alba y la localice. Nosotros a lo nuestro. Como una familia.

12:00

Los partidos de baloncesto en el Andreu Martín son todo un acontecimiento. En la mayoría de institutos el fútbol es el deporte estrella, pero en mi cole lo que mola es el básquet, y los compañeros de clase están siempre en las gradas para animarnos. Cuando entré en la pista miré hacia allí y me entristeció no ver a Alba, como otras veces, pero enseguida oí los gritos del entrenador.

—¡Venga, Sanchís, corre, que vamos a empezar! —ladró.

Tiré detrás del banquillo la parte superior del chándal y me uní al grupo de jugadores arremolinados alrededor del entrenador. Le di un codazo a Ricardo y me devolvió el saludo con un abrazo.

—Vosotros dos, dejaos de mariconadas. Sanchís, ¿estás a punto para salir o necesitas calentar un rato?

—Estoy a punto, entrenador.

—Perfecto, pues venga. Sales en el cinco inicial con Ribaud, López, Oleart y Casas. Tú juegas de dos. Vamos, con intensidad desde el principio, ¿de acuerdo? Ya sabéis todos lo que nos jugamos hoy. Ribaud, no quiero individualismos ni chulerías, ¿de acuerdo? Eres el mejor pívot que conozco y quiero que hoy lo demuestres.

Juntamos todos las manos y gritamos: «¡Aaaaaaandreu!». Luego los titulares nos quitamos la camiseta de calentamiento y el resto se sentó en el banquillo.

El entrenador, que era además nuestro profesor de gimnasia, me cogió del brazo y me apartó del grupo, como si fuera a darme instrucciones específicas.

—Felicidades, me han dicho que has encontrado a la madre de Alba.

—No, aún no. Tenemos su nombre, pero todavía no sabemos dónde vive ni dónde está. Mi padre la está buscando.

—Bueno, seguro que al final todo saldrá bien, ya verás —dijo con un tono amable, impropio en él. Luego sonrió, algo que nunca le había visto hacer, y añadió—: Por cierto, quiero que sepas que esta mañana todos los profesores del colegio hemos recibido un correo donde el director nos informa de que Rafaela Sanmartín va a jubilarse la próxima semana.

Me guiñó un ojo y sonrió de nuevo. Luego volvió a su normalidad y gruñó:

—¡Y ahora quiero que salgas ahí y hagas el mejor partido de tu vida, ¿estamos?!

El encuentro contra el Instituto Íñiguez fue de los más igualados de la temporada, un toma y daca constante de bandejas, triples y tiros libres. Ninguno de los dos equipos logró escaparse en el marcador. A falta de un minuto nos cogieron una pequeña ventaja de tres puntos. Ricardo se había vuelto a olvidar de jugar para el equipo y había fallado los dos últimos lanzamientos en acciones individuales. El entrenador saltó del banquillo como un energúmeno y pidió tiempo muerto.

—¡A ver, Ricardo, o te centras y juegas en equipo o te siento ahora mismo, ¿qué prefieres?! Esto no es tenis, joder, es baloncesto, y al baloncesto se juega en equipo, ¿lo has entendido?

—Sí, míster.

Luego tomó una pizarra y dibujó una jugada.

—Ricardo, ahora vas a bloquear al defensor de Marco para liberarlo y que se juegue una bandeja o un tiro de dos,

¿entendido? Y el resto vais al rebote como lobos hambrientos por si acaso, ¿estamos?

Asentimos todos.

—¡Pues a jugar!

Miré a Klaus, que lo estaba grabando todo casi a pie de pista, y le sonreí. Sabía que mi padre me estaba viendo. Luego me giré para mirar hacia la grada, donde estaban Bibi y Mireia. Mi hermana negó con la cabeza. Todavía no había noticias sobre el paradero de la madre de Alba.

Subió la pelota nuestro base y la pasó a un alero. En el lado opuesto, Ricardo bloqueó con toda su envergadura a mi defensor y me lancé como una bala hacia la botella. A la altura del tiro libre recibí el pase del alero y sin botar di dos pasos y entré directo a la cocina. ¡Canasta!

Se oyeron gritos y aplausos, pero había que mantener la concentración y defender a muerte.

—¡Venga chicos, que solo es un punto! —grité.

Su base pasó la línea de medio campo a pesar de nuestra presión defensiva y se enroscó sobre sí mismo botando para tratar de perder tiempo. Al final salió del lío gracias a un bloqueo de su alero y, como se le acababa el tiempo de posesión, lanzó de dos. Vi la pelota pasar por encima de mi cabeza, rebotar en el aro e ir a parar a las manos de Ricardo, que era un *crack* reboteando. Miré el marcador de reojo, quedaban solo 12 segundos. Le pedí la pelota a Ricardo con gestos ansiosos. Me vio y dudó durante un segundo eterno, pero finalmente me la pasó como pudo, ya que los jugadores del equipo contrario parecían pulpos a su alrededor.

Corrí hacia la canasta. Las fuerzas me flaqueaban, pero pensé en Alba, en mi padre, en Bibi y en mis hermanastros, y eso me dio el aliento que necesitaba. Ya en campo contrario, oí el grito del entrenador mezclado con el del público:

—¡Tira, tiraaaaaa!

Finté un lanzamiento para quitarme de encima a mi defensor, pero entonces uno de los pívots contrarios se abalanzó sobre mí. Vi de reojo que Ricardo había quedado bajo el aro y se la pasé, justo a tiempo para que metiera un tiro a tablero sobre la bocina que marcaba el final del partido. ¡Habíamos ganado de un punto!

El entrenador y los compañeros que estaban en el banquillo saltaron a la pista y nos abrazamos todos formando una piña, escuchando los gritos y los aplausos de nuestra afición. Luego fuimos a saludar ante la grada y vimos cómo los padres y aficionados del Íñiguez también aplaudían deportivamente, no solo a su equipo, que había luchado muy bien, sino también al nuestro.

Cuando salía de la pista, vi a mi padre sentado en una punta del campo, junto a Bibi, mis hermanastros y Andrea. Me acerqué sonriendo. Creí que si estaba allí era porque había encontrado a la madre de Alba.

—¡Hemos ganado!

—Lo he visto, hijo. Acabo de llegar y he visto el final. Lo importante es que habéis luchado muy bien, como un equipo. Me siento muy orgulloso de ti.

—¿Y la madre de Alba?

—Todavía nada. Tengo a todos los detectives del despacho buscando. Y yo ahora vuelvo con ellos. Tarde o temprano tiene que aparecer. ¿Vamos a casa? Si quieres, luego puedes ir al hospital a visitarla.

14:00

Al llegar a casa, Bibi envió a Klaus y Mireia a sus habitaciones a hacer deberes hasta la hora de comer y mi padre volvió a su oficina a coordinar la búsqueda. Todo parecía de pronto inmóvil y sin vida.

Me sentí solo.

Después de ducharme, pedí a Bibi que me dejara mirar un momento mi teléfono por si había algún mensaje de Alba. Accedió, pero se quedó delante mientras lo hacía. No había noticias, así que me recluí en mi habitación para pensar qué podía hacer.

Caminé dando vueltas sin sentido por el cuarto, escuchando *Seven years* de Lukas Graham y tirando una pelota de peluche a una canasta mini colgada de la puerta, mientras esperaba noticias de mi padre. Al cabo de un rato entró Bibi con mi móvil en la mano y casi le doy con la pelota en la cara:

—Toma, es tu padre. Me devuelves el teléfono en cuanto acabes de hablar, ¿vale?

Salió.

—¿Sí? —contesté con temor.

—Hijo, acabo de hablar con el padre de Ricardo. Tiene un amigo en los juzgados que aun siendo fin de semana ha accedido a tu expediente judicial. Al parecer, el fiscal ha retirado los cargos en cuanto nos hemos marchado. También me ha dicho que la policía ha detenido a Deadpool, que en realidad se llama Pedro Núñez, y que ha ido a la comisaría de policía para defenderlo, tal como le prometió a Julia. Ha declarado y ha confirmado que ni tú ni Ricardo habéis robado los exámenes.

—Magnífico —¡Dios, ¿por qué seguía usando aquella expresión?!—. También me han dicho que Rafaela se va a jubilar. Pero, ¿de qué sirve todo eso ahora? Lo único importante es Alba.

—Ya lo sé, cariño. Dame tiempo y verás cómo consigo encontrar a su madre.

Cuando iba a salir de la habitación para devolverle el móvil a Bibi me topé con Klaus, que sin preguntar nada entró en mi habitación seguido de su hermana.

—Mira esto —dijo, mientras me tendía una hoja de papel.

Era una entrevista a mi booktuber favorito, Edmundo Dantés, donde explicaba cómo se había convertido en prescriptor de literatura juvenil y negaba su fama de egocéntrico y frívolo. Dantés tenía más seguidores que Fa Orozco y May Ayamonte juntos. Con solo 20 años también era autor. No tenía la hiperactividad de Sebas G Mouret ni la sensatez de Javier Ruescas, pero el personaje principal de sus novelas, el joven investigador David Hammet, se había convertido en mi Harry Potter, aunque sin gafas ni varita mágica.

—Ya —le contesté—, leí la entrevista, y también vi un vídeo donde explicaba lo mucho que le habían molestado algunos comentarios del periodista. ¿Qué quieres que haga?

—También he encontrado esto.

Era una foto de una mujer morena de unos 30 años y cara aniñada, muy guapa para su edad, posando y mirando directamente a cámara. Me alcé de hombros porque no entendía nada. ¿Quién era? ¿Y qué tenía que ver con todo aquello?

—Es la madre de Alba y tiene Facebook, aunque es un perfil que no actualiza muy a menudo. Acabo de escribirle desde el ordenador de mi madre, pero dudo que lo lea. Su muro está casi vacío y solo tiene siete amigos.

Entendí enseguida lo que pretendía. Si Edmundo Dantés sacaba la foto de la madre de Alba en su canal de Youtube seguro que alguien la reconocería.

—Tiene cientos de miles de seguidores —afirmó Klaus—. La idea ha sido de Andrea.

¡Bien por la chica! Tenía razón. Alguno de sus seguidores tenía que haber visto a aquella mujer. ¿A tiempo para salvar a Alba? Ojalá.

—El problema es que contactar con Dantés es casi tan difícil como encontrar a la madre de Alba —dijo Mireia—. Pero hemos pensado que a lo mejor se te ocurría algo.

Efectivamente, algo en mi cabeza se iluminó. Releí la entrevista. Explicaba que había nacido en Barcelona, que vivía en Madrid y que odiaba a todos aquellos que cuestionaban su forma de ganarse la vida. Añadía que, afortunadamente para él, estaba muy protegido por su familia. «¡Ahí está la clave!», pensé. Los youtubers y booktubers famosos tienen que ocultar dónde viven, cambiar los teléfonos continuamente y tener correos electrónicos privados porque sus seguidores son unos fanáticos. Pero su madre seguro que era más fácil de localizar. Saqué mi Play 3 reconvertida en ordenador y tardé apenas cinco minutos en obtener su número de teléfono. La llamé con mi móvil, que todavía no había devuelto a Bibi, y le expliqué la situación desesperada en la que nos encontrábamos. Al principio desconfió, pues yo podía ser cualquier fan chiflado de su hijo, pero cuando le conté que era hijo del detective Néstor Sanchís y que podía comprobar fácilmente que Alba estaba ingresada en el Clínico llamando a su habitación, accedió a hablar del asunto con su hijo. Le dejé mi número de móvil y mi correo, por si acaso necesitaba contactar conmigo.

Luego nos conectamos a Youtube y nos mantuvimos un rato a la espera. Al cabo de unos minutos vimos que Edmundo Dantés había colgado un nuevo vídeo titulado: «Alba necesita tu ayuda». Mostraba las fotos del Facebook de María Pérez Arroyo y pedía la colaboración de sus fans para localizarla. ¡Nos quedamos alucinados! Uno de nuestros héroes nos estaba ayudando en la búsqueda.

Mis hermanastros y yo nos miramos de nuevo ilusionados.

14:30

Entró Bibi para requisarme de nuevo el teléfono y vio a sus hijos.

—¿Qué hacéis aquí? ¿Tan deprisa habéis acabado los deberes? Y tú, Marco, ¿ya has acabado de hablar con tu padre?

—Sí, pero me gustaría llamar a Alba para saber cómo está. ¿Puedo quedarme el móvil unos minutos más?

Dudó.

—Bueno, diez minutos, ni uno más. Luego venís todos a la cocina a comer.

Cuando se marchó, nos preguntamos qué estarían haciendo en el despacho de mi padre. Seguro que con sus sistemas podían localizar el DNI, la fecha de nacimiento y el domicilio de María Pérez Arroyo en unos minutos. Entonces, ¿por qué no la habían encontrado todavía? Los apellidos Pérez Arroyo eran bastante comunes, pero no imposibles de trazar como Pérez Fernández o García López. Si Klaus había podido encontrar una foto suya en pocos minutos, me extrañaba que todo el equipo de Sanchís & Asociados trabajando al unísono no la hubiera localizado ya. Comprobé, solo por curiosidad, que había más de 160 mujeres con esa combinación de apellidos en España. Luego apliqué un filtro de edad y quedaron reducidas a 37. Pero no seguí por ahí, ese era el camino ortodoxo, y seguro que por ahí ya estaba avanzando mi padre.

Cuando nos levantábamos para ir a comer a la cocina, el móvil me avisó de la entrada de un mensaje. Miré la pantalla. ¡Era un wasap de Dantés! Lo flipé. Me informaba de dos avistamientos de la mujer de la fotografía, los dos en Barcelona, y uno de ellos en una dirección no muy lejana de nuestra propia casa. Me pareció increíble que una madre y una hija pudieran estar viviendo en la misma zona, incluso cruzándose algún día, sin saber quién era la una y quién era la otra, como dos desconocidas. Pero lo que me pareció más increíble es que en ese momento sonara mi móvil y al otro lado escuchara la voz del booktuber:

—Hola, Marco. ¿Te sirve la información que te he enviado?

—Eh… ¡Sí, sí, claro! Muchas gracias, tío. La información que me has dado es valiosísima. Creo que podría servir para salvar a Alba. Ahora mismo se la voy a pasar a mi padre.

Puse el altavoz para que Mireia y Klaus también escucharan la conversación. Pusieron cara de estar flipando.

—Ya ves, para que luego digan que Youtube es una mierda —dijo Edmundo.

—Tendrías que hablar con los profesores de mi colegio. Si supiesen cómo nos estás ayudando cambiarían su opinión sobre Youtube.

Luego hablamos sobre el vídeo de Rafaela Sanmartín, que había llegado a los treinta mil visionados en pocas horas gracias a su tuit. Nada comparado con los cientos de miles que habían visto los suyos, pero no estaba nada mal.

Hubo un momento en que calló y pensé que se había cortado la comunicación.

—¿Estás ahí? —pregunté.

—Sí, sí. Es que me acaba de llegar una imagen de la madre de esa chica saliendo de su casa y es de hace cinco minutos. La dirección, según me dicen, es Torrent de l'Olla 23.

—¡Entonces vive en el barrio de Gràcia, como el insti!

—Eso parece.

—¡La leche! —exclamé—. Voy a decírselo a mi padre ahora mismo. Mil gracias, tío.

—Gracias a ti, tío. Lo tuyo sí que tiene mérito. Ayudar de esta manera a tu amiga me parece un puntazo. Mantenme informado, ¿vale?

Sin quitar el altavoz llamé inmediatamente a mi padre, que se quedó muy sorprendido, no tanto de que hubiera conseguido contactar con Edmundo Dantés, ni siquiera de que el famoso booktuber hubiera accedido a ayudarnos, sino de la rapidez de la respuesta de sus fans.

—Es que Internet facilita el contacto entre la gente, papá. No es tan malo como a veces pensáis los adultos —dije, guiñando un ojo a Klaus y Mireia, que se partían la caja intentando no hacer ruido.

—Bueno, eso ya lo discutiremos cuando vuelva a casa. Ahora salgo pitando con mi gente hacia Torrent de l'Olla 23. Llámame si hay nuevos avisos, ¿vale?

—No podré.

—¡¿Qué?! Pero, ¿qué estás diciendo, Marco?

—Es que tengo que devolverle el móvil a Bibi. Me lo ha dejado solo un momento, tal como le has dicho.

Oí cómo maldecía en voz baja, contrariado por tener que cambiar sus propias órdenes.

—Va, dile a Bibi que te deje el móvil hasta que encontremos a la madre de Alba. Pero luego te quedas sin él una semana. ¡Como mínimo!

Colgué y los tres nos revolcamos por el suelo muertos de la risa.

Epílogo

Mi padre encontró aquella misma tarde a María Pérez Arroyo comiendo con una amiga en un restaurante del barrio de Gràcia. Le explicó brevemente la situación y le pidió que la acompañara al hospital para hablar con los señores Gunter y con los doctores. Después del *shock* inicial, no solo por la noticia de la grave enfermedad de Alba, sino por el hecho de que hubiesen estado años viviendo tan cerca la una de la otra sin saberlo, accedió de inmediato.

En el taxi, camino del Hospital Clínico, le contó a mi padre que se había quedado embarazada de Alba con solo quince años, y que su familia, una gente rica y muy conservadora de la parte alta de Barcelona, la había obligado primero a ocultar el embarazo internándola en Villa Isabelita y luego a dar el bebé en adopción de forma anónima. Con el tiempo se había preguntado muchas veces qué habría sido de su niña, incluso una vez estuvo a punto de ir al Departamento de Adopciones de la Generalitat e iniciar los trámites para conocerla, pero finalmente no se atrevió.

Cuando llegaron al hospital todo fue muy rápido. Salió a recibirlos el jefe del Departamento de Oncología, que ya estaba sobre aviso. Camino de la habitación donde esperaban los señores Gunter, explicó a María que la operación consistiría en coger pedacitos de su médula ósea para ponérselos a Alba, de manera que la suya volviese a producir glóbulos blancos sanos. Primero comprobaron que la médula de María fuese compatible con la de Alba y luego todos tuvieron que firmar un montón de papeles mientras preparaban a Alba para la intervención.

Por suerte, todo funcionó a la perfección.

El tratamiento posterior y la recuperación fueron muy duros, pero Alba luchó y en unas pocas semanas empezó a caminar y a recuperar el pelo. Yo iba a verla casi cada tarde después del entrenamiento, y cuando no estaba demasiado cansada la ayudaba a preparar los exámenes finales. En el insti le habían dado un permiso especial para examinarse a distancia y no perder así el curso escolar.

Una calurosa tarde de mediados de junio entré en su habitación y la encontré dormida, con la cara apoyada en la almohada. Miré su pelo, que poco a poco volvía a crecer y a formar aquellos rizos morenos que tanto me gustaban. Y su cara, que aunque era pálida por naturaleza había empezado a recuperar el color. Mientras la admiraba, pensé en aquellas últimas semanas y en todo lo que había ocurrido desde su desmayo en el pasillo del insti. Habían cambiado muchas cosas. La relación entre Ricardo y su padre había mejorado, y ahora no solo les pasaba la pensión, sino que había acordado que pasarían más tiempo juntos. Julia, por su parte, había dejado a su novio y había decidido empezar a aceptarse como era, sin máscaras ni críticas despiadadas a los demás. Había dejado de ser una pija malvada. Klaus, Mireia y yo, después del éxito de nuestra primera investigación seria, decidimos seguir formando equipo para ayudar a descubrir nuevos misterios, incluso profesionalizarnos un poco con la ayuda de mi padre. Y Alba, además de recuperarse, había decidido no tener más secretos con sus padres, o sea, con los señores Gunter, pues aunque acababa de conocer a su madre biológica, para ella sus padres siempre serían los señores Gunter. Ya no necesitaba castigarlos con novios raros.

Durante las semanas que llevaba en el hospital había demostrado una gran voluntad y se había dedicado en sus ratos buenos a animar a otros niños más pequeños que luchaban contra la leucemia, haciéndoles de hermana mayor. Los médicos estaban sorprendidos por su fortaleza y su ánimo, que había cambiado totalmente desde su ingreso. Yo, por mi parte, había asumido que uno no siempre puede tener lo que quiere y que era mejor tener a Alba como amiga que no tenerla. Había descubierto que el simple hecho de estar cerca de ella y ayudarla me hacía feliz. No necesitaba ningún beso.

Estaba empanado con estos pensamientos cuando de repente Alba se removió bajo las sábanas. Abrió los ojos y poco a poco se desperezó.

—Ah, hola, Marco, no sabía que estabas aquí.

—Me he acercado a traerte una cosa.

Me levanté, saqué un sobre de mi mochila y se lo tendí.

—Anda, ábrelo. Son tus notas. Lo has aprobado todo.

—¡¿Bromeas?! —exclamó, mientras cogía el sobre, sacaba unas hojas y las repasaba de arriba abajo.

—Al final has podido con todo.

Sonrió mientras se incorporaba en la cama y me miró de una manera diferente a la habitual.

—Esto es gracias a ti, Marco. Estoy tan agradecida…

—No digas eso, ha sido gracias a tu fuerza de voluntad.

Tenía más sorpresas para ella, así que sin poder esperar le mostré una caja que había traído conmigo.

—¿Sabes qué es esto? —le pregunté, y como no contestó añadí—: Me lo ha dado tu madre. Es tu vestido para la cena de fin de curso de mañana. Me ha dicho que te lo pruebes.

—Está loca. No pienso ir a ninguna fiesta, no estoy en condiciones.

—Claro que irás. Y estarás preciosa.

—Repite eso veinte veces y a lo mejor me lo pienso…

—Estarás preciosa, estarás…

—Tonto, calla.

—Oye, encima de que te animo…

Salí de la habitación y esperé cinco minutos antes de entrar de nuevo. Al regresar la encontré de pie, junto a la cama. Estaba guapísima con el vestido de fiesta.

—Arrasarás con ese vestido.

Me miró con una gran sonrisa en la cara. Luego se sentó y dio unas palmadas en el colchón para que me sentase a su lado. Al hacerlo, se hundió un poco y quedamos casi pegados el uno al otro, mirándonos fijamente a los ojos. Alba habló en un susurro.

—Mira, vamos a hacer una cosa.

—A ver.

—Reuniré fuerzas para ir a esa fiesta, pero con una condición: que vayamos juntos.

—¿Como amigos o…?

—…o como lo que tú quieras.

Y me dio un beso en los labios que nunca olvidaré.

PUCK

AVALON

Libros de *fantasy* y *paranormal* para jóvenes con los que descubrir nuevos mundos y universos.

LATIDOS

Los libros de esta colección desprenden amor y romance. Ideales para los lectores más románticos.

LILIPUT

La colección para niños y niñas de 9 a 14 años, con historias llenas de aventuras para disfrutar de verdad de la lectura.

SERENDIPIA

Una serendipia es un hallazgo inesperado y esto es lo que son los libros de esta colección: pequeños tesoros en forma de historias contemporáneas para jóvenes.

SINGULAR

Libros *crossover* que cuentan historias que no entienden de edades y que puede disfrutar tanto un niño como un adulto.

¿Cuál es tu colección?

Encuentra tu libro Puck en:
www.mundopuck.com

🐦 puck_ed
f mundopuck

ECOSISTEMA DIGITAL

NUESTRO PUNTO DE ENCUENTRO

www.edicionesurano.com

2 AMABOOK
Disfruta de tu rincón de lectura y accede a todas nuestras **novedades** en modo compra.
www.amabook.com

3 SUSCRIBOOKS
El límite lo pones tú, **lectura sin freno**, en modo suscripción.
www.suscribooks.com

1 REDES SOCIALES:
Amplio abanico de redes para que **participes activamente**.

4 APPS Y DESCARGAS
Apps que te permitirán leer e **interactuar con otros lectores**.